ユートピアの誘惑

H・G・ウェルズとユートピア思想

小澤正人 著

三恵社

目次

始めに

ハーバート・ジョージ・ウェルズ Herbert George Wells（一八六六―一九四六）は一八九五年に最初の長編小説『タイム・マシーン』を発表し、好評を得た。その前後に発表した多くの短編や、その後立て続けに出版した小説も高く評価され、一躍有名作家となった。今日、彼は『タイム・マシーン』や『モロー博士の島』（一八九六）、『透明人間』（一八九七）、『宇宙戦争』（一八九八）などの現代ＳＦの原型ともいうべき作品群で有名だが、それ以外にも、『愛とルイシャム氏』（一九〇〇）、『キップス』（一九〇五）、『トーノ・バンゲイ』（一九〇八）などの伝記的な側面を含む写実的小説や、社会批評の評論も発表し、小説家、思想家として名声を博していた。彼の著作は「いまでは忘れられてしまったが（……）、二〇世紀の最初の二〇年間にその世代の知識人全体に巨大な影響を与えた（……）社会的予言」（ピンテール、九七）であった。

ウェルズは一八六六年九月二一日にロンドン近郊のブロムリーの小さな商店に生れた。下層中流階級出身である。兄二人と姉一人がいた。（姉はウェルズが生まれる前に一〇歳で死亡していた。）家計が苦しかったために一四歳から服地商や薬局などに住み込み店員として勤めたが、いずれも長続きしなかった。補助教員をしながら苦労して奨学金を獲得し、ロンドンの科学師範学校に進学し、尊敬するＴ・Ｈ・ハクスリーの指導を受けた。

後述するように、ハクスリーはダーウィン進化論の熱心な弁護者であり、彼の「進化と倫理」に関する考え方はその後のウェルズの著作と思想に大きな影響を与えた。

ウェルズは大学での学位は取れなかったが、その後、大学教員をしながら科学エッセイなどを発表。最初に述べたように、一八九五年に『タイム・マシーン』を発表して人気作家となった。

彼の写実的小説や評論は当時のイギリスの状況を反映、分析するものだった。（いわゆる「イギリスの状況」小説の流れについては、ロッジ「『トーノ・バンゲイ』とイギリスの状況」を参照されたい。）

一般に、自分のいる状況に多少ともに問題があると感じていれば写実的作品でも社会批判的な要素が強調されよう。社会を人体に喩えれば、それは健康診断と病状の報告である。SF的な作品やアンチ・ユートピアは、状況を放置すればどのように悪化するかという予測と警告である。ウェルズがユートピアを書くために写実小説を書いていたというわけではないが、このように見た時には、ユートピア小説は治療方法の提示であり、治療によりいかに健康になりうるかという示唆である。ただし、「ユートピア」は万能の特効薬ではないし、社会と個人にとって何が「健康」なのかは人によって考えが異なる。

ウェルズに対する評価は第一次世界大戦後に徐々に下がり始めた。一九二〇年代以降に書かれた小説は個人的意見の表明とされ、また評論も時代遅れの啓蒙的主張とみなされる傾向が強くなった。文学的な評価が下がったのには、ヘンリー・ジェイムズと対立して、文学的完成よりジャーナリスト的方向を目指すと述べたことや、ヴァージニア・ウルフがウェルズやアーノルド・ベネットの小説は人間を描き切れていないと批判したことなどの影響が大きい。F・R・リーヴィスのいう「偉大な伝統」から外れた作家とみなされた面もある。

『世界文化史大系』（一九二〇）がベストセラーとなったり、『自伝の試み』（一九三四）が評判となったりしたが、ウェルズに対する全体的評価は下がっていった。作品中で戦車や毒ガス戦や原子爆弾まで予言し、常に破滅を警告していた彼は第二次世界大戦を経験した後、一九四六年八月一三日に死去した。

彼の作品の一部にみられる未来世界――そびえ立つ摩天楼の間をモノレールが走り、地上には動く道路が設置され、空中を大小の飛行機械が飛び交う輝くユートピア的大都市――は、「ウェルズ的未来」と呼ばれ、アメリカの初期ＳＦにも影響を与え、バラ色の未来を示す典型だったこともあった。

しかし、第二次世界大戦での原子爆弾投下やナチス・ドイツのユダヤ人虐殺などに対する反省や、啓蒙思想や科学主義への批判は、彼に科学万能を信じる時代遅れの楽観主義者といった（必ずしも正確ではない）レッテルを張ることとなった。また、彼が評論や幾つかのユートピア作品で優生学に肯定的な考えを述べていたことは、その後の優生学に関する様々な著作で必ずと言っていいほどに言及され、時には極端な部分だけを取り出して使われたりもして、彼の「悪名」を高めた。科学と倫理の問題はウェルズやユートピア思想研究において重要な問題となっている。

ウェルズの再評価は一九六〇年代に始まる。簡単に述べておく。文学的な面では、彼の悲観主義的人間観・世界観が正当に理解されるようになったこと、語りや構成、表現技法などにおいて多様な評価がなされるようになり、彼が「ヘンリー・ジェイムズ的批評基準では評価できない」（ハモンド、二一五）型の作家のひとりとして取り上げられるようになったことなどがある。（ハモンド、二一四—二一八。ロッジの「『トーノ・バンゲイ』とイギリスの状況」（ロッジ、一九六六所収)や「ウェルズを評価する」（ロッジ、一九八六所収）なども参照。）また、小説を通して一九世紀後半から二〇世紀前半にかけてのイギリスや欧米の文化的背景をとらえる研究が盛んになったこともウェルズの作品への関心を高めた。更に、一九六〇年代からアカデミズムにおいてＳＦ、ファンタジー、ユートピアに関する研究が盛んになってきたことはウェルズ再評価に特に大きな影響を与えた。

以下本書の概要を述べておく。

第一章では、初期のＳＦ的作品群に現れた社会批判とユートピア的要素について概観する。ＳＦとユートピアは特にウェルズにおいては不可分なものである。また、彼が「進化と倫理」という視点から人間と社会のあり方に強い関心を持っていたことを示す。

第二章では、彼のユートピア小説の中心となる『モダン・ユートピア』を、ユートピア思想が持つ諸問題を映し出すものとして論じる。

第三章では、『モダン・ユートピア』を特に優生学との関係から捉えなおす。

第四章では、寓話的ファンタジー「盲人の国」をユートピア思想批判という側面から読む。

第五章では、写実的小説として始まり、ロマンスとして終わるとも読める『ポリー氏の物語』を中流階級の逃避願望の点から考える。

第六章では、『モダン・ユートピア』の更に先にあるものとされる『神々のような人々』を楽観論と否定論双方を含むものとして読んでいく。


本文でも随時言及するが、一九世紀後半から二〇世紀前半の社会改良計画やユートピア小説には優生学に賛同するものが多く、それに伴う差別的な表現も頻出する。それらを引用することは議論の性質上やむを得ないものであるとご理解いただきたい。私にはそうした差別を認めたり助長したりする気は毛頭ない。また、世界人権宣言の成立にも大きく関わっていたウェルズにも人間を差別するような意図はなかったと考えている。

第一章　ウェルズの初期作品とユートピア思想

一

この章ではウェルズの初期の作品をユートピア思想との関係から概観するが、その前に「サイエンス・フィクション」について、および「進化と倫理」という考え方について簡単に見ておく。

ウェルズの最初の長編『タイム・マシーン』をはじめとして、『モロー博士の島』、『宇宙戦争』などの作品は、今日では「サイエンス・フィクション science fiction」（あるいは“ＳＦ”）と呼ばれるだろう。

だが、厳密に言えば、ウェルズは「サイエンス・フィクション」を書いてはいなかった。一八九五年に彼が『タイム・マシーン』を発表した時、“science fiction”という言葉は、まだ存在していなかったからだ。

簡単に当時の状況を見ておこう。

“science fiction”という言葉を、現在使われている意味での、文学ジャンルあるいは文学様式の一つを示すものとして最初に使用したのはアメリカの編集者で作家のヒューゴー・ガーンズバックである。彼は一九二六年に世界最初のＳＦ専門雑誌『アメージング・ストーリーズ』*Amazing Stories* を創刊した。この雑誌は大衆向けで廉価のいわゆるパルプ雑誌の一つであった。彼は、ジュール・ヴェルヌやウェルズの作品の再録をしたり、自作を含めて自分の求めるタイプの作品を掲載したりした。その基本は、「既知の科学的法則、あるいは既知のものからの論理的演繹に基づいており」(四)、科学や科学技術の可能性を描き、科学の啓蒙に役立つような小説であった。彼は始めそうした小説を“scientifiction”と呼ぶことを提案したが、あまり普及しなかった。

その後、ガーンズバックは“scientifiction”の語をあきらめて、『サイエンス・ワンダー・ストーリーズ』*Science Wonder Stories* 一九二九年六月号の編集者の言葉で“science fiction”を「発明」した。この言葉はそれ以前にも使われてはいたが、特にガーンズバックが考えていたような意味で使われたことはなかった。(ランドン、五一)

当時、同様の作品を専門とする多くのパルプ雑誌が現れており、アメリカで「サイエンス・フィクション」というジャンルが作られていく。これを特に「アメリカSF」とか「ジャンルSF」と呼ぶこともある。ただ、そうした雑誌に載った作品の中には、「科学的」とは名ばかりの荒唐無稽の冒険物語なども多く、サイエンス・フィクションが文学性の低い子供向け小説とみなされる一因ともなる。

それより前、ウェルズが『タイム・マシーン』を書いた頃に、イギリスではそうした作品は「科学的ロマンス“scientific romance”」と呼ばれていた。この語はチャールズ・ヒントンの科学エッセイなどを集めた作品集『科学ロマンス集』(一八八六)から取られている。(ヒントンの著書名は邦訳に従う。ステイブルフォード、スーヴィン、ラックハースト等

参照）
ステイブルフォード、オールディス、ラディックなどの批評家は、現在の広い意味でのＳＦの成立においてイギリスの“scientific romance”が果たした役割を重視し、アメリカで成立したジャンルＳＦとの違いを強調している。例えばステイブルフォードはこう述べている。

> 美的伝統のために切りのいい数字を使えば、一八九〇年から一九五〇年の期間が、「科学的ロマンス」がイギリス小説における明確な種として存在していた時期を指すと言ってよいだろう。（……）［科学的ロマンスという語を使う］理由は、イギリスの思索的小説 speculative fiction の伝統はこの期間にアメリカのサイエンス・フィクションの伝統とは全く別個に発達し、幾つかの重要な点において後者とは対照的に見ることができるからである。（三）

（なお、アメリカＳＦの側からのガーンズバック擁護については例えばウェストファールの『ガーンズバックとサイエンス・フィクションの世紀』などがある。）

ウェルズのＳＦ的作品群の特質についてもう少し考えていく。

マコネルは『Ｈ・Ｇ・ウェルズのサイエンス・フィクション』で、彼のＳＦ的作品群について次のように論じている。まずＳＦの重要性について「科学的、技術的発展が私たちの生活と自然観と人生の目的にどのような意味を持つかを**全体として**真剣に検討しているからである」(四　強調は原著イタリック体)と述べて、更に、ウェルズが問いかけているのは「私たちは、明らかに、やりたいことは何でもできるようだが、やりたいことが何でもできるのだろうか、あるいは、依然として、何らかの深い意味において、『禁じられた知識 **Forbidden Knowledge**』のようなものがあるのだろうか?」(五)ということだとする。マコネルによれば、これはメアリー・シェリーの『フランケンシュタイン』(一八一八)にも見て取れる問題だが、ウェルズの場合はそれが「人間の科学と人間の道徳、そして両者の対立に関する生涯にわたる議論という巨大な枠組み」(五)に埋め込まれている点で重要だと考えられている。また、マコネルは、ウェルズの写実的作品群も同じテーマを違う方向から探求しているもので、両者を合わせて考える必要があるとも述べている。「言い換えれば、この時期における彼の『写実的』小説は、よりはっきりと科学的なロマンスとともに読まれるべきである。何故なら、両者は同じテーマの多くをほんの少し調子を変えて探求しているからである。」(三五)

マコネルはウェルズの初期のテーマを、技術の蓄積と進化論の圧力が生を脅かしているような世界において「中産階級が生き残っていく可能性」(三五)の考察だと述べている。クマーはウェルズの社会的小説とユートピア作品には「二種類のウェルズ的人間における相互関係」(二〇九)があり、前者に登場する「小人物 **little man**」の多くが下層中流階級 **lower-middle-class** 出身で、ユートピア的世界を希求していると論じる。

自分の肉体的、社会的牢獄から脱出しようという彼の試みは何度も失敗に終わるが、

彼の希望が完全に消えることはない。（……）ウェルズ的「小人物」は常にユートピア的人間になろうと苦闘している。（二〇九）

だが、マコネルも多くの研究者同様に、ウェルズが初期のSF的作品からユートピア的な作品に移っていくことに注目する。

『神々の糧』（一九〇四）と『モダン・ユートピア』（一九〇五）に始まり、ほとんど彼の生涯の終りまで続いたことだが、彼が世に出した一連の小説は次第によりお説教的で、精力的で切迫した社会分析と予言になっていった。その明らかな目的は、歴史の方向を変え、人間の科学を人間の道徳的発展と調和したものにし、それによって世界を第二の、全面的で、多分最終戦争となるような世界大戦から救うことだった。（五）

ウェルズのこうした変化についてハンティントンは、戦車の登場を予言した短編「陸の鉄甲艦」（一九〇三）を例に挙げた後でこう述べる。

科学技術における効率性は自己正当的なものとなり、道徳的な複雑性を目に見えないものにしてしまう。（……）ここに効率的未来国家の預言者である新しいウェルズのスタイルを見て取ることができる。（……）一九世紀から二〇世紀への変わり目頃に、ウェルズは、その実行がどれほど教育的なものになるにしても、バランスの取れた想像的形式を作り出すことでは十分ではなく、自らの精力を世界の変革に費やさなければならないと決心したのだ。(パリンダー編、四六—四七)

二

ウェルズのSFからユートピアへの移行を念頭において、初期のSF的作品群と、そこに見られるユートピア観やユートピア批判を考察するにあたって、彼の基本的世界観であり「進化と倫理」の関係について述べておく。

初期作品において特に注目すべきは、科学や科学技術の発展をそのまま単純に良いもの、幸福をもたらすものとは考えないということである。科学と技術の進歩は必ずしもユートピア的世界に直結するものではない。

彼は学生の時に当時ダーウィン進化論の擁護者として有名だったT・H・ハクスリーに師事し、彼の「進化と倫理」の考えに大きな影響を受けた。

「科学師範学校で」私がハクスリーのクラスで過ごした年は、疑いようもなく、私の人生で最も教育的な年であった。その授業で私は首尾一貫性と整合性の強い必要性と、でたらめな仮説や恣意的主張への嫌悪を持つようになった。それこそが、教育を受けた

ものと教育を受けていないものとを区別する特質なのである。（ウェルズ、『自伝の試み』、一六一）

「進化と倫理」はハクスリーが一八九三年に行った講演であり、後に同題名の論文集に収められている。ダーウィン進化論の正しい理解を示し、それに基づく人間社会への提言を述べている。

一八、一九世紀には科学の様々な分野での進展があった。「進化と倫理」に関係するのは特に熱力学、地質学、生物学である。熱力学の法則は、「地球だけでなく究極的には宇宙全体が、退化と死への下降傾向をたどるとする悲観論」（ボウラー、下巻、三三六）をもたらした。

「物理学者ケルビン卿（ウィリアム・トムソン）が」地球と太陽のエネルギーの供給には限界があると主張した時、事実、彼は最後には寒さによって地球上の全生命が死滅するだろうと予言していた。物理学者ルドルフ・クラウジウスは、さらに大規模な、全宇宙の「熱の死」を予言した。（……）このまったく悲観的な哲学では、人間も含めて自然の諸活動はすべて、無情な物理法則によって究極的にはまったくなくなってしまう。（ボウラー、下巻、三三六）

地質学は、地層の研究などから地球が小さな変化を重ねつつ長い歴史を経て現在の状況に達したことを示した。化石の研究は古生物学を発展させ、生物が単純な原始的生命から多様な存在へと進化した様子も分かってきた。また、恐竜の例に顕著なように様々な生物の種がたとえ一時的には栄えてもやがて滅んでしまうという生命の歴史も明らかになった。先に述べたようにいずれ地球も太陽も冷え切ってしまうのであれば、生物も一時的に栄えたとしてもいずれ死滅する運命にある。このような生命観・世界観を「宇宙的悲観論Cosmic Pessimism」と呼ぶこともある。『タイム・マシーン』や『宇宙戦争』の前提にあるのもこの宇宙的悲観論である。

ダーウィン進化論によれば、すべての生物は長い年月の間に進化してきたものである。生物は「生存闘争 struggle for existence」の中にある。「自然選択 natural selection」を経て、環境により適応した生物が繁殖し生き延びていく。「最適者生存 survival of the fittest」である。「最適者」とは環境に適しているということであって、「優れている」ということではない。「宇宙的自然においては適者とはその都度の条件に適応しているもののことである。」（ハクスリー、八〇）そして、すべての種はたとえ一時的には栄えてもやがて絶滅し、さらに視野を広げれば、熱力学の法則に基づく宇宙論では、地球も太陽も、更には銀河や宇宙全体も最終的には冷え切ってしまう。生物はそれよりもはるか以前に滅びる。人類の営為も宇宙的規模で見れば一瞬に等しい。

進化の理論はいかなる至福千年的な予測をも促進するものではない。仮に、何百万年かにわたって私たちの地球が上昇の道を進んだとしても、いつかは頂点に達して、降下の

道が始まるのである。（八五）

最適者生存の状況においては強者が弱者を蹂躙する傾向が生じがちであるが、それに対して倫理的に優れたものが生き延びていくような相互扶助が求められていく。社会の進化は、最大多数が生存できるように、生物学的な自然に抗わなければならない。「社会の前進とは、宇宙的過程 the cosmic process を絶えず段階ごとに抑制し、別の過程に置き換えることである。後者は（……）倫理的過程 ethical process と呼ぶこともできよう。」（八一）「進化と倫理」では人間が自然界の中の動物としてでなく、人間として倫理的に助け合わなければならないと述べられている。（ウェルズと「宇宙的悲観論」、「進化と倫理」の関係についてはマコネル（六〇―六一）やヴァーニア、マッカーシーを参照されたい。）

「進化と倫理」に述べられた考え方は、当時の俗流進化論解釈、特に「社会ダーウィニズム（社会進化論）」と対立するものだった。社会進化論とは、ダーウィン進化論の考え方を用いて社会現象を説明しようとするものである。ハーバート・スペンサーらは「生存闘争」と「自然淘汰」は人間社会の原理でもあると考え、利潤追求中心の自由放任主義を弁護した。しかし、社会進化論は「最適者生存」における「最適者」を「優れたもの」とみなし、優れたものが勝ち残ると考え、階級格差の是認、人種差別、帝国主義や優生学の正当化に結び付いていくものだった。

三

ウェルズのSF的作品では、作中の不思議な出来事や状況に対して初めにある解釈が提示され、新たな事実によってそれが覆され、更に次の解釈が考え出されといったことを繰り返して最後に正しい理解に辿りつくというパターンが取られることが多い。

『タイム・マシーン』では八〇万年後の世界に到着した主人公「時間旅行者 Time Traveller」は、初めにその世界を牧歌的な楽園のようだと考える。未来では共産主義が完成し、誰もが安楽に暮らせる社会、理想的「庭園 garden」(三〇)が完成したのだと思う。だがその住人であるエロイ族 Eloi が虚弱で知能も低下した人類の末裔だということに気づき、彼は、ユートピアへの批判ともいえるようなアイロニカルな解釈を考え出す。あまりに安全で保護された社会にいると人間は知力も体力も衰え、「退化」してしまうのではないかと。

自分が滅亡しつつある人類に出会ったのではないかと思われた。赤い日没を見ると人類の日没を考え始めた。今現在私たちが行っている社会的な努力の奇妙な結果を私は初めて理解し始めた。(三〇)

更に、地下にモーロック族 Morlock という別の種族が住んでいることを知ったことで、この分析も間違っていたことが分る。モーロック族は労働者階級の末裔であり、この未来世界は、支配者が労働者を地下に追いやった階級社会であり、「時間旅行者」の暮らしていた一九世紀イギリスのロンドンにあった階級社会の格差が極端に進み、支配者階級と労働者階級がそれぞれ別個の人種にまで変化してしまった社会だった。ユートピアに見えた世界は実はアンチ・ユートピアだったのだ。その上に彼はモーロック族がエロイ族を食料にしていること、つまり、ここは支配―被支配の関係が、一九世紀末のロンドンに代表される彼のいた世界が逆転した世界であること、また、どちらの種族ももはや動物に近いところまで「退化（＝進化）」してしまっていることを知る。（生物学的に言えば「進化」も「退化」も生物種が環境に適応して形態を変えていく過程であり、善悪や優劣のような人間的価値評価をしなければ同じプロセスにすぎない。なお、八〇万年後の世界が一九世紀のイギリスを逆転した社会であることや、人類の変化が「進化（＝退化）」である点についてはスーヴィン（一九七九）、第一〇章参照。）

人類の社会は一九世紀から「発展」し続け、「時間旅行者」（と当時の読者）から見た「未来」のどこかの時点では頂点に達したのかもしれないが、ベラミーが『かえりみれば』で描いたような科学技術のもたらすユートピア（「青磁の宮殿」がその象徴であろう）も、モリスが『ユートピアだより』で描いたような牧歌的田園も永続することなく、結局はこの八〇万年後の世界になってしまっていたのだ。

私は人間の知性の夢がいかに短かったのかを考えると悲しくなった。それは自殺してしまった。快適と安楽に向かって、安全と永遠性をスローガンとするバランスの取れた社

会に向かって着実に進み、その希望を獲得したが――結局、最期に辿り着いたのはこの世界だったのだ。(七八)

マコネルはこの作品に描かれた未来について、ベラミーとモリスの対立を越えて、「歴史と文化的進化」(七五)が人類をどのような社会に導こうとしているのかが問題となっているのだと述べる。ダーウィン進化論的な決定論と、人間は自然の支配を越えて自らの方向を決められるはずだという「自由意志」論との対立をそこに見て取っている。ヒュームはここからディレンマが生じると述べる。エロイ族とモーロック族の住む未来を見た後で、人類は世界に対していかなる態度を取るべきだろうかということである。

このディレンマとは、状況を改善しなければ悪夢に通ずるが、平等の方向に改善していけばユートピアとその退化に戻ってしまうということだ。もし生物学的メッセージ――肉体的競争――を受け入れるならば、社会的メッセージを無視しなければならない。もし社会的メッセージ――改善された状況――を受け入れるならば、生物学的メッセージを無視しなければならない。ウェルズは両者をともに受け入れる道を示してくれない。(四三)

この対立は、先に見たハクスリーの言う「進化と倫理」の対立である。進化とは、時間が経過するにつれて、自然選択と適者生存に従って生じる自然界の変化の謂いであり、相互扶助（つまりはユートピアを作ろうという努力）に基づく人間社会の倫理とは両立し得ない。ウェルズ自身、初期のエッセイ「『循環的』錯覚」でこう述べている。

私たちは［川の流れに逆らう］小さな逆流 eddy の中に生きている。いわば、その逆流の生き物なのだ。しかし、宇宙の大きな主流は私たちを越えて流れ続けていく。ここかしこに逆向きの流れ、渦巻く淵があり、その軸上で、つまり回転する太陽系の上で、小さな不機嫌な生命のユスリカが回っている。しかし、主流は前進し、過去の、完全に終ってしまったものから、全く新しいものへと進んでいく。（一一三）

小説形式の点から見ると、『タイム・マシーン』は枠組みに入った物語である。まず時間旅行者の友人である語り手「私」が友人である「時間旅行者」のことを述べ、「私」の物語の中で時間旅行者が彼の冒険談を物語る。『タイム・マシーン』中の対立は、多くの論者が指摘しているように、語り手「私」と「時間旅行者」の未来に対する考え方の違いとして現れている。物語の最後で「私」はこう述べる。

この問題はタイム・マシーンができる前から私たちの間で何度も議論された問題なので、私には分かっているのだが、［時間旅行者は］〈人類の前進〉について実に陰気に考え、増大する文明の蓄積の中にも、不可避的に倒れて最終的にはその創造者達を破滅させるに違いない愚かな積み重ねしか見ていなかった。もしそうだとしても、私たちにはそうでないかのように生きることが残されている。しかし、私には未来は依然として暗く、うつろなものであり――広大な未知の場所である。ただ、彼の物語の記憶によってほんの何か所かが偶然に照らしだされているに過ぎない。(九一)

スコールズ&ラブキンは、この語り手の言葉が読者に示す二面的価値は、科学と技術の恩恵についてだけでなく、「人類の本質的な意味」(二〇四)についてのものでもあると述べている。

なお、ウェルズ自身の考えはこの両者の間で揺れており、初期にはどちらかといえば時間旅行者の悲観論に近いが、後年にはむしろユートピア構築に向かって進んでいく。(ただし、当然のことだが、作者と登場人物を安易に混同してはならない。ゲダルトは、二人のどちらかを単純にウェルズと同一視してはならず、「二つの語りの声のアイロニカルな相互関係」(九〇)において考えるべきだと述べている。)

ユートピア思想と『タイム・マシーン』との関係について考える際に重要なのは、この作品がユートピアに関する考察を進化論と宇宙論というより大きな枠組みの中で行っている点にある。『タイム・マシーン』は当時の科学的宇宙論から生じる未来の姿を具体的に生々しく描き出している。時間旅行者は八〇万年後の世界を脱出してから更にはるかな未来へと向かう。進むにつれて、世界からは種としての人類さえも姿を消し、最後に彼は暗黒と静寂の世界で海辺に立つ。大いなる暗黒の恐怖に襲われ、彼は吐き気を感じる。この宇宙的終末においては全ての人間の営為も、生命というものさえも意味を失ってしまうように思われる。これに対抗するために「種としての人類」の存続が大きな意味を持つようになり、後年のウェルズのユートピアに影響を与えていく。

ウェルズが最初の作品『タイム・マシーン』から既にユートピアの限界と可能性を取り上げ、科学的な宇宙観やダーウィン進化論の枠組みにおいて考察していたことは、後年の彼のユートピア小説を考えるうえで忘れてはならない。

四

ここでは、初期の作品群から、『モロー博士の島』、『宇宙戦争』、『月世界最初の人間』を取り上げて、ユートピア思想との関係から考える。

『モロー博士の島』の主人公プレンディックは、海で遭難した後、モロー博士の助手モンゴメリーに助けられて、博士の住む島に行く。博士は動物を改造して人間にする実験を行っていた。プレンディックは、その島で博士が作り出した獣人 beast men の社会とその崩壊を経験する。『タイム・マシーン』が宇宙論的な長いスパンでユートピアへの考察を行っているとするならば、この作品はむしろ現代におけるユートピア構築の問題点を寓話的に描いている。

『モロー博士の島』では、進化と倫理の対立は、人間に潜む獣性と人為的進化との関係において考察される。動物を人間にしようというモロー博士の実験は実際の生物の進化を人間の力で圧縮して行っているという面と、T・H・ハクスリーの言う倫理を動物に付与していくという面が混在している。（この作品ついては獣人の創造者モロー博士を神と比較し、キリスト教批判の寓話と見る論が多いが、ここでは省略する。例えばマコネル（九四―九五）参照。）

だが、科学の力で動物を人間にしようという実験、つまり種の進化を人為的に達成しようというこの実験は、始めは上手くいったかのように見えながらも、獣人に潜む獣性を抑えることができず、最終的には悲惨な失敗に終わる。

（実は、モローによればこの手術では「獲得した人間的な形質が遺伝しない」（二〇）のだから、仮に獣人が動物に戻ることがなかったとしても、この集団がそれ自体で獣人社会として存続することはできないのだが。）

アトウッドはペンギン版序文でウェルズの関心事は「人間の本質 the nature of man」にあるとして、こう述べている。

このことも、極端なユートピア主義（もし人間が進化の結果であり、神の創造の結果でないなら、間違いなく、更に進化できるのではないかだろうか）とより深い悲観論（もし人間が動物から派生したもので、天使とよりも動物と類似したものなら、間違いなく、これまでに来た道を逆戻りしてしまうのではないだろうか）の間で彼が方向を変えがちな点を説明してくれるかもしれない。『モロー博士の島』はウェルズ的な会計簿の借方側に属しているのだ。**(xviii)**

動物が人間になれるかどうかは、手術によって二足歩行ができるようになるとか、ある程度の知性を持ち言葉が話せるようになるかどうかだけではなく、獣人の共同体のためにモローが定めた「きまり（掟）law」を彼らが守れるかどうかにかかっている。しかし、結局「きまり」では本能を押さえつけておくことができない。この点からモローの実験を、人間をより高次の存在に高めようというユートピア的企ての比喩として、つまりユートピア構築の失敗を描いた寓話として読むことができる。プレンディックは一人生き延びて助けられるが、イギリスに戻っても不安でならない。「私はまるで動物が人間の中から浮かび上がってくるように感じる。『島民』の退化 the degradation がやがてもっと大規模に再現されるだろうと感じるのだ。」（一三〇）この不安は、モロー博士の島がイギリスや人間世界全体の隠喩であることを示している。コスタも述べているように、『モロー博士の島』においても「倫理」は勝利を得られない。

モロー博士が動物を人間にすることに失敗したことと、『ゴールディングの『蝿の王』における』少年たちが動物に逆戻りしてしまうことは、トマス・ハクスリーの恐怖を象徴するものである。この恐怖とは、人間は自然においても自分自身のうちにおいても、宇宙的過程の支配者ではなく、犠牲者なのかもしれないというものだ。（一九）

マコネルは島を「全体主義的体制 totalitarian regime」（九二）と呼んでいる。獣人の側からこの物語を見れば、科学と教育で構成員を生み出し、教育し、管理・支配しているアンチ・ユートピアが、生物学的本質を抑え込むことができずに崩壊する様子を描いているということもできよう。

『宇宙戦争』は『タイム・マシーン』で描かれた、冷えていく惑星の問題を引き継いでいる。地球よりも科学技術が進歩した火星人は、劣等生物である地球人を滅ぼして、地球を支配しようと計画する。火星人の侵略は、社会ダーウィニズムに基づく帝国主義の隠喩とされ、『宇宙戦争』は帝国主義批判として評価されている。作品内でもそのような読みを方向付ける描写が多いのは確かである。だが、火星人側にも（彼らなりの事情であるにせよ）侵略せざるを得ない理由があった。地球よりも太陽から遠い位置にある火星では惑星の冷却が地球より早く起こり、生存が難しくなりつつあったのだ。火星人は太陽に近い温かい惑星に移住しようとする。彼らも科学の力で宇宙的過程と戦おうとしている。地球侵略に失敗した後、彼らは金星移住に成功したらしく、物語の最後では再度の攻撃への不安が述べられている。（この宇宙的規模での生き残りをかけた争いは『モロー博士の島』冒頭の漂流するボートでの「生存競争」と比較することもできよう。）

とはいえ、火星人のやり方が望ましいものとして考えられているわけではない。頭だけのような体形となり、家畜化した生物の血を吸う火星人は、倫理のない知性であり、エロイ族とモーロック族の悪いところだけがひとつになったような生き物であり、アンチ・ユートピアの支配者となる存在である。

この作品をユートピアとの関係から読んでいく時に興味深いのは、物語の終わり近くで、主人公が逃亡中に出会う砲兵である。彼はゲリラ戦を通していつかは火星人を倒し地球を取り戻そうという計画を打ち明け、主人公を感心させる。そこには後年のウェルズのユートピア作品を思わせるものがある。『空中の戦争』（一九〇八）や『解放された世界』（一九一四）、『来るべきものの姿』（一九三三）などに見られるような、大戦争や大災厄で壊滅状態になったところから回復し、知的指導者層を中心としてよりよい世界を作り上げていくというパターンである。だが、やがて語り手は、砲兵の「夢と能力の間の深い溝」（一五八）に気づく。彼は口先だけで実行が伴わない。この砲兵はユートピアを夢想するだけの人たちへの批判だとも言えよう。ハンティントンは、砲兵は自分が火星人になりたいと思っているだけなのだと述べる。

〈砲兵〉の想像にある「人間」の勝利は、人間が火星人の冷酷さに変わって文明化の活動を強めていくことではなく、単に人類が火星人になることなのだ。この皮肉はその一節が素朴な快活さを持つだけに一層強いものとなる。（四二―四三）

火星は地球よりも太陽から離れている。太陽系ができた時に地球よりも早く冷め始め、地球よりも早く生物が誕生し、進化した。火星人は地球人と似た生物から、作中で描かれているような生物へと進化した。彼らは人類の未来の姿であり、その世界は社会進化論に基づく未来社会である。火星での（自国内での）階級制と搾取（家畜化して血を食料とするのはその寓意と言える）、自分たちが生き延びるためには、劣っているとみなす他の惑星の生物を滅ぼしてしまおうとする。『宇宙戦争』は、イギリス人がアジアやアフリカで行ったことを火星人からやられる物語であり、現代社会の問題点を、逆の視点から明示しようとしている。それ故に、人類が反省し、再建すべき地球は先に述べた砲兵の未来であってはならない。

ウェルズのSF的作品群の中でユートピア思想と関連の深いものとして最後に『月世界最初の人間』（一九〇一）に描かれた月世界人 the Selenites の社会を取り上げる。この作品はルキアノスの『本当の話』や、ジョナサン・スウィフトの『ガリヴァー旅行記』のようなメニッポス的架空旅行譚の系列に属している。こうした物語では、主人公は、作者（と読者）が現実に住んでいる世界の代表者となるべき存在である。この人物が、想像上の異質な世界に行き、その社会を通して現実世界を批判していく。（ユートピアとSFにおけるこの系譜についてはスーヴィン、フライを、また月世界旅行譚の歴史についてはニコルソンを参照されたい。）

『月世界最初の人間』で「現実世界」の代表となるのは、重力遮断物質ケイヴァライトを発明した科学者ケイヴァーと再起を図る倒産した実業家ベッドフォードである。二人はケイヴァライト製の球形宇宙船で月に到着し、月の地下世界に高度に分業化・専門化した月人の社会を発見する。

ミエヴィルはペンギン社版の序文でこの作品を『ガリヴァー旅行記』と比較し、ケイヴァーが月人の共同体の頭脳となる「偉大な月世界人 Grand Lunar」に提示する地球社会の説明は、ガリヴァーが巨人国の国王に行うイギリスとヨーロッパの説明を模倣しており、地球人が実は野蛮人なのだと明かしているのだと述べている(xxiv-xxv)。

月人の社会では各個人が共同体での各々の役割に完璧に適合して育てられている。「月ではすべての市民が自分の位置を知っている」(一八一)とケイヴァーは述べる。身体も各個体の役割に応じて異なる形態となっている。昆虫のように分業化された社会はある意味ではプラトンの『国家』やモアの『ユートピア』で構想された秩序だった効率的社会を極端なまでに推し進めたものともいえよう。しかし、身体の特殊化が具体的にグロテスクなものとして、また残酷なものとして描写され、月人たちがそれを気にしていない様子の異様さなどから、読者はこの月人の社会を嫌悪すべきものとして、つまりユートピアの戯画的批判ないしはアンチ・ユートピア的社会の提示として受け取る。

月人の社会については、ユートピアにおける「自由対効率」や「自由対平等」の対立の問題として論じられることが多いが、もうひとつの問題は、本人の同意無しに特定の形に育てることが許されるかどうかということである。モロー博士が作った獣人の悲劇も、なりたいと思ってもいなかったのに人間にされてしまったことから生じているとも言えよう。ただし、動物だった時に人間になりたいかどうかをたずねても答えられないし、人間を生まれた時(あるいはそれ以前)から特定の方向に教育することについても、そうされたいかどうかを事前に本人に問うことは原理的に不可能であり、ユートピアの本質的ディレンマとなっている。これは、あまり明示的ではないが、優生学的思想の批判でもある。

しかし、ケイヴァーの月人社会に対する評価はアンビバレントである。月人の異様さから、単純に彼らを否定的に断定することはできない。ウェイジャーが「ウェルズは読者が月人の文明をユートピアとして解釈することを期待していたのか、アンチ・ユートピアとして解釈することを期待していたのか？」（五九）と疑問を発しているように、月人社会はある程度両義的に描かれている。月人の世界には地球のような飢えや貧富の差や支配―被支配の関係も不当な暴力も存在していないし、自らの不幸を嘆くものもいない。

それぞれの役割にあわせて育てられていることについても月人の視点からすれば地球の方が残酷だということになる。月では手作業に従事する個体を育てる時には、身体を容器に閉じ込め、両手だけをそこから伸ばして発達させる。手だけが突出した容器を見て、ケイヴァーは嫌悪を感じるのだが、その後、月人の考え方からすれば地球のやり方のほうがましだとも言えないと述べる。

壺から伸びたあの悲惨な手は、失われた種々の可能性を求める何かしなびたリンゴのような印象を与えた。今でも取り憑いて頭から離れない。とはいえ、実を言えば、それは最終的には、子供を人間になるまで放っておいて、それから機械に仕立てていくという地球の方法よりははるかに人道的なやり方なのだが。（一八四）

ここには、地球での人間の育て方がかえって「非人間的」なのではないかという皮肉が込められている。また、地球人も表面上同じように見えているだけで知的、精神的にはかなり特殊化しているという批判も述べられている。（一九七）ヒューズも、ケイヴァーは月人を評価している面もあると述べる。「ケイヴァーは月人が道徳的にはるかに優れていると主張している。明らかに彼は自由よりも安定性を選んでいる。」（五七）

先に述べたように、ケイヴァーと、月人全体の脳とも言うべき Grand Lunar との対話は、異質な知性を通して見た人間批判であり、『ガリヴァー旅行記』との類似は明らかである。頭脳や身体の大きさはそうした存在が人間より優れていることを比喩的に示し、人間の卑小さが軽蔑される。月人の異様な身体は、彼らの社会の異質さ、他者性を表している。『ガリヴァー旅行記』の第四部で、ガリヴァーにとって「ユートピア」に思われる社会を作り上げているのは馬のような生物フイヌム Houyhnhnm であって、巨人や小人以上に人間とは異質な存在として、人間にとってのユートピアの不可能性を暗示している。

主人公ガリヴァーはフイヌムの社会を理想的社会と考え、あこがれているが、これはあくまでガリヴァー個人の評価である。嘘というものを知らず、変化や多様性を許容できないこの社会は、むしろ閉塞的アンチ・ユートピアだと考えることもできる。マコネルはこう述べている。

理性の具体化された基準として、「フイヌムが」示しているのは、純粋な理性が完全な人間的基準にいかに及ばないかということである。しかし、まさにその同じ理由によって、実に哀れなことに、私たちは自分を人間的にしている感情を制御し、方向付けることができないのだということを示している。（一六〇）

ケイヴァーの戸惑いは作品の評価にも反映する。コスタは月人社会が否定されていると考える。壺から伸びた月人の手は、「構成員を自動人形 automatons にしてしまう社会は最悪の奴隷社会だというウェルズの疑念を示している。効率が道徳に取って代わってしまった。（……）効率ではなく、『精神の自由』――プラトンの理想主義の平和――がウェルズのユートピアの中心にある。」（二八）

クマーはこの作品にウェルズのユートピアへ向かう動きを見て取る。

調子は諷刺的なものである。しかし、『月世界最初の人間』の最後の数頁で暗示されていることは明確であり、ウェルズは初期の諸ファンタジーの黙示録的悲観論を離れて、人間の可能性に関するより建設的なヴィジョンに向かっているということだ。（一八五）

ウェイジャーによれば「最もありそうな答えは――少なくともこの時には――ウェルズは自分を半分真剣に受け取っている。（……）ユートピアでもディストピアでもなく、両者の間の魅力ある混合物である。」（六〇）

初期作品とユートピアの関係という点からみると、この作品は「ユートピア」か「ユートピア批判」か、というよりも、「ユートピアの問題を考察している科学的ロマンス」である。これは、科学的ロマンスにおいて、始めに非日常的な設定を行った後はそれを現実世界の中で厳密に展開し、いかにもありそうに描いていくというウェルズの小説の書き方から生まれたものである。（『ウェルズの有名七小説』の序文参照。）

マコネルはウェルズの様々なユートピアに一貫している考えをこうまとめている。

ウェルズの未来像に一貫していて、常に中心にあったものは、理性と良識と意思を十分に行使することだけが人類という種族を惑星全体の自殺から救うことができるという信念であった。そして、一層重要なのは、そうした意志の努力は実際に行い得るし、**成果を上げる**ことができるという信念である。（一四八　強調は原著イタリック体）

本章で見たように、ウェルズの初期のSF的作品群は「進化と倫理」の問題を一つの課題にしている。進化とは大河のように進む変化であり、倫理はそこにかろうじて存在している逆流の渦である。時間旅行者が告げるこの宇宙の姿に対し、語り手の「私」は「もしそうだとしても、私たちにはそうでないかのように生きることが残されている。」（九一）と述べていたのだが、「そうではないかのように」と言ったところで「そうでなくなる」わけではない。

語り手の立場から人類の未来を考えると、共同体の存続、更には種の存続を考えなければならなくなり、共同体の管理、運営、また指導や教育が重要視される。個人と社会の対立も社会のほうに重みがかかっていく。先の引用でマコネルが述べているように、この時共同体を管理し運営していくものが理性である。（多くのアンチ・ユートピアで、読者には非道な抑圧や強制と感じられるものが、統治者側からは理性的に必要とされる管理・教育とされていることには注意が必要である。）

ウェルズは初期の作品で、理性の歪んだ発展の危険性や、共同体による自由の抑圧の危険性を描き、また一九〇五年の『モダン・ユートピア』では、これからのユートピアは個人の自由を重視せねばならないと述べているにもかかわらず、そこでは、「サムライSamurai」というエリート的指導者集団による管理や、優生学に基づく施策や不適応者の囲い込みなどを含む世界をユートピアとして構想していると批判されることが多い。『モダン・ユートピア』は「しかし、〈近代のユートピア〉は静的ではなく動的でなくてはならないし、永続的状態ではなく、長い上昇へと続く希望に満ちた段階として形作らなければならない。」（一〇）と述べられているように、よりよい世界への途上にあるものとされており、そのためにかえって管理的側面が強く現れてしまったように思われる。

この段階を経て、共同体に属する構成員一人一人が理性的自覚と責任感を持つまさに「神々のような人間」になった時、『神々のような人々』が描く世界のような個人と共同体がなんらの軋轢も無く両立してより良い世界を築いていく世界ができるとウェルズは考えていたかもしれない。この点については最後で再び論じることとなる。

第二章　『モダン・ユートピア』とユートピア思想

一

『モダン・ユートピア *A Modern Utopia*』は一九〇五年に発表されたウェルズの代表的なユートピア小説である。「モダン」は〈現代の〉、つまり二〇世紀初頭に構想されるユートピアということである。原題の不定冠詞を強く読めば、彼なりのユートピアの一案・私案という意味合いもあるかもしれない。この作品で彼は科学技術の進歩による快適な生活、効率的に運営される社会、そのための管理・指導者層のあり方などを描いている。

新しいユートピアとして、この作品はそれ以前の多くのユートピア作品への批判という面を持っている。しかし、『モダン・ユートピア』自体が、それが批判しようとした「ユートピア的な思考」の範囲を抜け出すことができずにいるようにも思われる。

本章では、まず『モダン・ユートピア』とそれ以前のユートピア作品を比較してこの作品の特徴を明らかにし、次いで、作品の構成自体がこの特徴を反映していることを示す。この作業を通して、「ユートピア的な思考」の限界と、この問題に対する『モダン・ユートピア』における対応を考えていく。

一般にユートピア作品を論じる場合には、その社会体制の説明に重点が置かれることが多く、作品の構成や描き方に注意がはらわれることは少ない。それは、理想社会を描く作品の多くが同じようなパターンで構成されているからでもある。しかし、『モダン・ユートピア』は構成がかなり変則的であり、しかも、その形式と内容が密接に関係している。

『モダン・ユートピア』は一九〇四年から五年にかけて『フォートナイトリー・レヴュー *Fortnightly Review*』誌に連載され、一九〇五年に出版された。その後何回か英米で出版されて、一九二五年にアトランティック版の『ウェルズ作品集』第九巻に収録された。ここでテクストとしているクレイズとパリンダー共編のペンギン・クラシックス版『モダン・ユートピア』（二〇〇五）はアトランティック版に準拠している。

初版とアトランティック版での大きな違いは、前者にあった「読者への注」の取り扱い方である。初版ではこれが目次の後に置かれて、『モダン・ユートピア』が、未来社会を論じた評論『予測』で述べた問題をさらに追求したものであること、執筆にあたっていろいろな書き方を模索したことが述べられていた。アトランティック版の序文では、『モダン・ユートピア』は「形式における実験」（ペンギン・クラシック版、五　以下も同版による）であったとし、その実験の意図については初版序文で述べたので、必要な部分を再録するとしている。そこでは、「私はこの形式を採用する前にユートピアを描く本の幾つかの始まり方を試してみた。」（五）と述べて、この作品の書き方が検討の末に意図的になされたものであることを示し、次のように書いている。

そして、簡単にいえば、このようにしたのである。私がこうしたことを全部説明しようとするのは、読者が最初にこの本を検討した時にどれほど奇妙に思われようとも、これが試行と熟慮の結果だということ、このままのものとして意図されていたのだということを明らかにしておきたいからだ。私が全体を通して目標としていたのは、一方に哲学的議論があり、もう一方に想像的な物語があり、その両者で作られた一種の玉虫色絹布shotsilkのような作品なのだ。（六。注記、玉虫色絹布とは、縦糸と横糸の色が異なる織物などで、角度により色が変わるものをいう。）

ペンギン・クラシックス版では、目次の次にアトランティック版序文が収録され、その後には「声の所有者」The Owner of the Voiceという短い章が置かれているが、これは全文がイタリック体で印刷されている。この部分は、本文の語り手「私」についての説明であり、この〈本文の語り手＝声の所有者〉が〈「声の所有者」を書いている人物〉とは別人であることが強調されている。「この〈声〉は（……）父親としてこのページを生み出した表面上の著者の〈声〉として受け取られてはならない。」（五）つまり、作品の語り手「私」と著者ウェルズは別の存在だと念を押しているわけで、多分、『モダン・ユートピア』を短絡的に生身のウェルズ本人の意見・思想と混同されることへの予防線である。

『モダン・ユートピア』本文全体の語り手は、映像の映るスクリーンをおいて講演をしているような存在代表的と紹介される。壇上でテーブルを前に座り、彼自身のユートピアについて語っているのだが、語っているうちにその世界に入り込んでしまい、小説の登場人物のようにその世界の中で行動していく。そこで、この「小説と論文の混生物hybrid」（八）では出来事は現在形で述べられていく。

第一章が始まると、地球のスイス山中にいた語り手「私」と友人の植物学者は突然にユートピア世界のスイスにいる。そこはシリウスの彼方にある、惑星全体が単一の〈世界国家 World State〉となったユートピアである。物語はこの「私」の一人称で述べられる。

しかし、この惑星は別世界ではない。私たちの住むこの地球と全く同一の世界でもある。「この惑星は私たち自身の惑星と似ていて、同じ大陸、同じ島、同じ大洋」（一六）が存在している。さらに、この世界には地球と全く同一の個人が住んでいる。「現在生きている男性、女性、子供全員の一人ひとりが〈ユートピア〉において各人に対応する平行的存在 a Utopian parallel を持っている。」（二三）「講演をしている今この時が開始の時であって、［この瞬間だけは］両惑星の人口が同等となっている。」（二三）しかし、違いもある。この「分身 double」たちはユートピアという別の社会組織内で生まれ育ち、その社会特有の考え方をしている。つまり、彼らは、地球にいるある人がユートピアに生まれ育った場合に到達しうる存在である。そして、この作品が書かれた時点から二つの世界は分離していく。こちらで死ぬ人が向こう側では生きていくかもしれないし、またその逆もあるかもしれない。

ＳＦでいう「パラレル・ワールド」とも似ているこの設定には明白な論理的矛盾があるが、それにもかかわらずこうした世界を構築しなければならない理由については後で取りあげる。

『モダン・ユートピア』本文の最後三頁ほどが、またイタリック体で印刷されていて全体が終わる。

このような作品の形式が内容とどう関わるかについては後で述べるが、その前に『モダン・ユートピア』の内容、その社会の在り方について見ておこう。

二

『モダン・ユートピア』に特有の性質とは、それ以前のユートピア作品が持つ問題点の指摘と改善でもある。

まず、先行するユートピア作品に対する主要な批判を取り上げよう。

（一）あまりに静的 static である。

［ダーウィン以前のユートピアは］どれもが完全で静的な〈国家〉であって、幸福は、事物に内在する不安定と無秩序の力と戦って均衡を破り、永遠に勝ち取られたものでした。（……）変化と発展は破壊不可能なダムによって永久にせき止められていたのです。（一一）

（二）特にウィリアム・モリスの『ユートピアだより』に対してだが、現実からかけ離れた人間性を設定して「黄金時代 golden age」を描いている。最初から善人を設定していては現実社会との接点がなくなってしまう。

もし私たちが自由に無制限の欲望を持つことが可能であるならば、モリスに従って、彼の〈無何有郷 Nowhere〉へ赴き、人間の本質と事物の本質の双方を変えてしまうべきだろうと思います。（……）しかし、その黄金時代、その完全な世界は、そこから、時間と空間の可能性の中に入っていきます。そこに充満している〈生きようとする意志〉が攻撃の永遠性を永久に時間と空間の中に置いたままにしているのです。（一二）

（三）「自由対幸福」という二分法に基づいている。つまり、個人の自由を重視するか、自由よりも生活の豊かさをとるかのどちらかになりがちである。自由と幸福の二者を分離可能なものとみなし、その上で共同体としての幸福を選択する場合が多い。この二分法は「個々の構成員対共同体」という対立でもある。

古典的な〈ユートピア〉構築者たちにとって自由は比較的些細なものでした。明らかに、彼らは、美徳と幸福が自由から完全に分離できるものであり、総じて自由より重要なものだと考えていました。しかし、近代的な見解は、個人性とその唯一性の意義についての主張を強めていくにつれて、着実に自由の価値を高め、ついに今では私たちは自由を人生の本質そのものとみなし、また、実際それこそが人生であって、死んでいるもの、選択権を持たないものだけが法則に絶対的に服従しているのだと考えるようになりました。（二八）

（四）比較的小さな共同体である。（六三）古典的ユートピアは都市国家や島であることが多かった。

（五）共産主義や社会主義を個人主義と対立するものと考えている。（六四）

（六）肉体労働と機械使用の位置づけが現代の状況とそぐわない。労働は苦痛であるが、古典的ユートピアにおいては機械がないためにこれを下層民や奴隷に押し付けている。「昔風の〈国家〉を維持するエネルギーは全て労役者が筋肉を行使することから生み出されていたのです。」（七〇）モリスの『ユートピアだより』の世界では労働は喜びとなると考え、機械を使わないのだが、これは非現実的な考えである。カベの『イカリア』やベラミーの『顧みれば』になってようやく機械を用いて労働を軽減するという方向が現れてきた。（七〇―七二）

あるいは――モリスや、完全な〈自然に帰れ派のユートピア構想者〉におけるように――すべての労働は喜びとなりうるという大胆な偽りごとがあり、それとともに社会全体を労働への平等な参加にまで引き下げていく均一化があります。しかし、実際にはこれは観察された全ての人間行動と対立しています。（七二）

子供たちが言うような「遊びで」ジャガイモを掘ることと、そうしなければ餓えるから掘ること、つまり退屈でも避けようのない義務として毎日毎日掘ることとは全く別物で

す。（七三）

では、こうした問題点に対して「現代のユートピア」はどのように考えているのか。

（一）完全を目指して進む動的 kinetic なユートピアである。

しかし、「現代のユートピア」は静的ではなく、動的でなくてはなりませんし、恒久的な状態としてではなく、長い上昇をなす幾つもの段階へとつながる、希望に満ちた一段階として形作られなければなりません。（……）安全で、自分たちと子孫に永遠に保証された幸福の平等性に恵まれた秩序だった市民組織のために、私たちは「柔軟な共通する妥協、つまり、そこにおいて、永遠に続く個人性の新たな継続が、包括的な前進的発展へと最も効果的に収斂していくような妥協」を計画しなければなりません。（一一）

（二）モリスの世界よりも現実的な、実際の人間が住むユートピアを構想する。ただし、人間を過去の軛から完全に解放すること the complete emancipation（一三）が可能だという点は前提としておく。

［新旧全ての〈ユートピア的な〉企ては］人間の共同体を伝統や習慣、法的束縛から、そして、所有が含意しているあのより説明しがたい隷属から完全に解放するという仮説

の上に構築されているのです。そしてすべてのこうした思索の本質的な価値の多くがこの解放という前提の中に存在しています。人間の自由に向けられたあの顧慮の中に存在し、自分自身から抜け出していく人間の力、つまり、過去の因果関係に抵抗し、回避したり、着手したり、努力したり、克服したりしていく力へのやむことのない関心の中に存在しているのです。（一三）

（三）個人の自由 individual liberty という概念は近代になって発展したもので、現代では人間の本質であるとされる。（二八）それ故に自由と幸福は一体、不可分のものであり、自由を認める社会を構築しなければならない。

ただし、人間が社会生活を営んでいる以上、専制君主でもなければ完全に自分の思う通りにすることは不可能である。専制君主的自由（＝放恣）を法律で制限することで他の人たちの自由を保障することができる。この制限は強制・命令ではなく、禁止の形式でなされる。禁止にはそれ以外のことを選択する余地があるが、強制は命じられたことをするしか許されないからである。また、自由に関しては、「働かずに役立たずでいる to be unserviceable」権利はないとされている。（五三）

（四）現代ではユートピアが、孤立した国家として隠れていたり、完全な鎖国を維持したりはできない。ユートピアは世界国家となる。

現代の諸条件下で孤立状態を維持できるほど強力な国家なら世界を支配できる位に強

力でしょうし、実際のところ、人間が作る他の組織すべてを、仮に積極的に支配してはいないまでも、消極的に黙認し、そうしてそれらへの責任を負うでしょう。それ故、その国は〈世界国家 world state〉となるに違いありません。（一五）

（五）実際には、共産主義や社会主義と個人主義を分けるのは困難である。

［両者間の議論の激しさの］ほとんどは量的問題と質的問題の混同から生じてきたということをはっきり見て取ることができます。（……）傍観者にとっては〈個人主義〉と〈社会主義〉は双方ともに、極端な場合には、ばかげた不条理なのです。一方は人間を暴力的な人々あるいは富裕な人々の奴隷にするでしょうし、もう一方は人間を〈国家〉の官僚の奴隷にします。そして、正気の道は、多分、蛇行しながらだとしても、その中間にある谷間を走っています。（六四）

土地やエネルギー資源、自然資源は国家の所有となるが、個人が取得した財産は個人の所有物となる。個人の財産がなければ個人の自由も手に入らないからである。（ただし、個人の財産は相続できない。）貨幣も存在している。

（六）労働は苦であり、その軽減のために、積極的に機械を導入していく。これにより「個人的な主導権を持たない」（七三）労働者階級は不必要なものとなる。

このユートピアを以下のようにまとめることができる。

私たちの人間としての視点から見ると、山と海はその間に横たわる居住可能な土地のために存在しています。それと同じように、〈国家〉は〈個人性 individuality〉のために存在しています。〈国家〉は〈個人〉のために、法は自由のために、世界は実験と経験と変化のために存在します。これらは現代の〈ユートピア〉が基盤とするべき基本的な信念なのです。（六六）

三

こうして、『モダン・ユートピア』はそれ以前の諸ユートピアを批判し、より現代的、実際的なユートピアを構築しようとするかのように見える。しかし、その世界を作る基本的な点において、プラトン以来のユートピア作品の限界を脱し切れてはいない。

まず、エリート集団が管理・運営する組織だという点があげられよう。これはプラトンの『国家』における「守護者」階級以来多くのユートピアにみられる特徴である。民主政治は容易に衆愚政治に堕すものとして、また非効率的なものとして避けられることが多い。

突然ユートピアに移動してしまった「私」は、その社会を観察しているうちに、特有の服装をした、より聡明で自主性のある人たちが「自発的貴族階級 voluntary nobility」として指導者層にいることに気づく。この集団は「サムライ Samurai」と呼ばれている。「自発的」とは「世襲制でない」ということである。この世界には、地球で生きている個人全てのいわば〈分身 double〉がいるのだが、主人公が会えることになった彼の〈分身〉もこのサムライ階級に属していた。ユートピアの社会は非常に複雑なので、「選挙による方法が提供するもの以上に強力で効率的な管理方法」（一七四）を必要としているのだと「私」は考える。

［サムライ］は〈ユートピア国家〉の計画に不可欠な本質なのです。私は、この階級が、〈ユートピア国家〉に住み、定められた厳格な規則を順守しようとする、全ての肉体的、精神的に健康な成人に開かれているということ、そして、国家の責任ある仕事のかなりの部分がこの階級に任されているということを知っています。そして、私は今や理解の第一段階に達して、〈ユートピア〉の計画においてこれが実際以上にはるかに重要なものだと、はっきり言えばそれ自体で完全に〈ユートピア〉の計画そのものなのだとみなすようになっています。（一七四）

この作品は、地球ではその才能を伸ばす機会がなかった人々が「〈ユートピア〉ではもっと幸福な機会に出会い、（……）社会理論の発展と適用に従事している」（一七五）という考えを前提としている。やがてそこから〈サムライ〉が生じたと説明される。

こうした階級は、始めは社会的諸勢力と政治的諸システムの衝突の中から、革命的組織として不可避的に生じてきたに違いありません。この現代の〈ユートピア〉が人間の不完全性ということを基調にして実際に具現化しているような何らかの〈ユートピア〉的理想の達成を、サムライ階級は自らの目の前に掲げたに違いありません。始めは調査と議論に、その理想の精緻化に、組織的活動の計画に関する議論に向かっていたかもしれませんが、ある段階においてもっと戦闘的な組織の様相を帯びて、既存の政治的組織に打ち勝ってそれを同化したに違いなく、そして、全ての意図と目的に対して現在の統合された〈世界国家〉になったのです。それ故に、その戦闘的性格の痕跡は今でも〈世界国家〉に満ち溢れていて、組織活動的な性格——それはもはや特定の障害に対してではなく、普遍的な人間の弱点と、人間を苦しめる生命を持たない諸力に向けられたものなのですが——は、本質的な性質として依然として存在しているのです。(一七七)

「サムライ」になるためには、教育、健康状態、信条などの点で厳しい条件がある。完成への途上にあるこのユートピアでは、資格のある人間の中から自発的に志願したものが「サムライ」となり、社会を管理し、より向上させていく。

四

もし、こうした人々がユートピアにとって望ましい人間であるなら、全構成員がそのような人間になることが社会全体にとっても望ましいことであろう。指導者層が具体的にどのような特質を持つべきかは個々のユートピアによって異なるが、多くのユートピアは何らかの指導者層を持っている。つまり一般の住人全員が十分な主体性や能力を持つことは難しいと考えられている。選出条件が厳しくなるのは、(特に倫理面での)不適応者排除を重視するからである。

ただし、〈モダン・ユートピア〉は、完成に向かう途上にある動的ユートピアであるので、現段階ではサムライ階級を必要としているともいえる。このユートピアがより完成に近づけは、全員がサムライとなった世界ができる。それに近いものは、あとで取り上げる『神々のような人々』で描かれる。

共同体が構成員をある方向へと変化させていこうとする時、優生学 eugenics 的な発想が生じる。優生学とは、人間には遺伝に基づく質的な差があり、その中でより「優れた」ものを増やし、「劣った」ものを減らしてくべきだという思想である。サムライについて更に述べる前に『モダン・ユートピア』での優生学の問題を簡単に見ておこう。なお、優生学については次章でもう一度論じる。

『モダン・ユートピア』では「政治的組織の概略を決定するために」(一七九)人間の気質を四種類に分けている。「創出的 Poietic」、「活動的 Kinetic」、「愚鈍 Dull」、「低劣 Base」である。しかし、これは遺伝的に決定された階級となるものではない。個人には多様な側面があることは認識されており、この四区分のどれに属すかによって何らかの利益を得たり不利益をこうむったりすることはない。

また、人種や民族に対する偏見や人種差別もなくなっている。ウェルズは、生物学的に言って人種とか民族というものはごく表面的な差にすぎず、そもそも「純粋な人種 **pure race** など存在しない」（二二〇）と強調する。そして、「人間を狭隘にし、互いに対して不合理な偏見を抱かせる」（二一三）ような集団による考え方はなくなり、非本質的な人種的違いを強調する考えは「知性に反比例する」（二二二）と批判される。生物学的無知に起因する人種差別への否定は本書では非常に強く述べられている。

だが、人種的なものではない優生学主義は、『モダン・ユートピア』ではかなり強く存在している。多分、それは、今日の読者には、この作品を受け入れることに強い躊躇を感じさせる原因の一つとなるかもしれない。

ユートピアと優生学的思考は始めから強い関係がある。ユートピアが存続していくために、共同体を常によりよく維持していかなければならないからだ。プラトンの『国家』ではこう述べられている。

最もすぐれた男たちはもっともすぐれた女たちと、できるだけしばしば交わらなければならないし、もっとも劣った男たちと最も劣った女たちは、その逆でなければならない。また一方から生まれた子供たちは育て、他方の子供たちは育ててはならない。もしこの羊の群れが、できるだけ優秀なままであるべきならばね。（『国家』、三六七）

ユートピアと言った時に、聡明で健康で美しい男女のいる世界を想像するなら、そこには暗黙の裡に優生学的な思考が忍び込んでいる。ダーウィン以後のユートピアである『モダン・ユートピア』ではこの問題は進化論の枠組みの中で考えられる。

『モダン・ユートピア』の第五章は「〈現代のユートピア〉での落伍者 Failure in a Modern Utopia」と題されている。始めに、「様々な昔の古い〈ユートピア〉は――プラトンとカンパネッラの繁殖計画を除けば――人生の本質である個人的存在同士での生殖競争 reproductive competition を無視して、基本的にはその随伴的事柄を扱ってきました」（九五）と述べられている。しかし、この〈現代のユートピア〉においては、生殖競争は無視されず、闘争は「秩序づけられ、人間的なもの」（九五）にされながらも存在し、人間は「生き延びるか破れるかしていくしかない。」（九五）

ついで、問題が提示される。現代では差別的で不穏当な表現もあるが、本文にあるとおりに引用する。

ほとんどの〈ユートピア〉は進行中の事業として、存在する幸福として、提示されます。幸福な国は歴史を持ちえませんし、訪問者が見ることを許された全ての市民はみな容姿に優れ、高潔で、精神的にも道徳的にも調和しているということを不可欠の条件としています。しかし、ここで私たちは［作品の前提として］次のような論理の支配下にいるのです。それは、人間生来の可能性の範囲内での道徳的、精神的、肉体的改善だけが行われたうえで、世界に実際に生きている全ての住人を引き継がなければならないということです。そして、私たちがなすべきことは、〈ユートピア〉に住む先天的病弱者、白痴や狂人、酔っ払いや不道徳な精神を持つ人間、残酷で狡猾な人間、愚か過ぎて共同体の役に立つことのできないほど愚かな人たち、薄のろで教育不可能で想像力のない人々を〈ユートピア〉がどのように取り扱っているかを問うことです。そしてまた、至る所にいる「貧しい」人間をどう扱うのでしょうか？　つまり、かなり気力に欠け、地球でなら低賃金悪条件の工場で働いたり、失業中の旗を掲げて足を引きずるように街を歩き――他人が捨てた服を着て、ひっきりなしにお辞儀と挨拶をして――田舎で仕事を探したりするしかないのだろうかと震えている、無能力で低級な人間をどう扱っているのだろうかということです。（九五）

こうした観点から、『モダン・ユートピア』では、特に遺伝的に問題のある個人は子供を持つことを許されず、また常習的犯罪者や過度の飲酒癖を持つ人間や暴力的性向のある人間はそうした人たちだけで済む島に移住させられ、そこで自分たちだけの社会をつくることになる。後でも述べるが、『モダン・ユートピア』では消極的優生学に基づく施策がなされ、人類全体を「より良いもの」へと向かわせようとしている。

このような優生学的な思考については次章でもう一度取り上げるが、一九世紀から二〇世紀にかけては、ウェルズだけでなく多くの「進歩的な」人々がそれを望ましいものとみなしていた。何が「より良いもの」なのかは十分に明確化されているとはいいがたいし、また本当に遺伝的要因に基づくのかもわからないものが短絡的に遺伝によるとされてしまっているなど、今日から見ると問題点は多い。

五

このようにして、様々なユートピアに見られる「ユートピア的な思考」の問題点として指摘されることの多い権威主義的、管理主義的、あるいは全体主義的とみなされる傾向は『モダン・ユートピア』にも色濃く表れている。

こうした傾向が生まれる根底には、ユートピアを構想する人の多くが合理主義的な理性を特に重視する考え方がある。そうすれば、物事を能率的、経済的に進めていけると考えるのだ。

例えば、モアの『ユートピア』では、国民全員が平等に働けば労働時間は一日六時間で済むはずだと論じる。物資を共有性にして共通の倉庫に必要分を蓄えておけば、個人が無駄に所有することもなくなるという。申し出れば、必要な時に必要なだけのものが手に入るなら無駄に持っていたいとは思わなくなるはずである。

『モダン・ユートピア』もこのような理性への信頼に基づいて構想されている。

日常生活での具体的な例を幾つか挙げる。ユートピアでは過度の飲酒をしなくなる。何故なら、生活での労苦や苦痛が減るので憂さ晴らしのような飲酒が不要になるし、そうなれば、知的な人間なら健康を害するような飲み方をしなくなる。宗教についても同様な論が展開され、喉が渇いた時には水を飲むが、過度に渇くということがなければ必要以上に飲むのは愚かしいとして、信仰にも節度が生まれるという。

自由とプライバシーの関係についても、ユートピアでは理性的な行動によりプライバシーへの要求は減るだろうと考えられている。

〈ユートピア〉の諸条件下では（……）［プライバシーの必要とその要求］は非常に管理しやすい次元にまで減少されるでしょう。しかし、これは、個人性を何らかの共通のパターンにまで抑圧することによって生じるのではなく、公的な慈悲心の拡大と、精神と態度の一般的な改善によって生じるのです。（三二―三三）

現実社会でのある種の欲求や欲望は、その社会の在り方に問題があるために生じたものであり、その問題が正しく解決された社会ではその欲求や欲望自体がなくなる。それ故にその欲求や欲望を禁じても自由を取り上げることにはならないと考えられる。

例えば、国家が個人の所在を完全に把握しておくという体制についても、それに反対しようと思うのは「悪しき時代に身についた精神的慣習」（一一四）だとされる。

古い自由主義 liberalism は悪い政府を前提としていました。政府が強力になるほど政府は悪くなる。丁度、自由な個人の生まれつきの正しさを前提とするように。実際に、すべての政府がその中に専制政治のきわどい可能性を持っている時、暗黒と秘密は、自由の自然の避難場所となるのです。（一一四）

本来ユートピアは最良の社会を作るためにその制度を構築するものだが、多少の論理の混乱を許すならば、次のような考え方が生じることもある。つまり、ユートピアならば最良の人間がいるはずだから、現実社会では悪となりうる制度も、そこでは適切に機能するという考え方である。

例えば、知的障害者、精神異常者、犯罪者を一般社会から隔離する制度についてこう述べる。

このような提案のすべてが持つ恐ろしさは、彼らへの執行が冷酷で、感受性がなく、残酷な執行者の手に落ちるという可能性のうちに存在します。しかし、〈ユートピア〉の場合には、ありうる限りで最高の政府、強力で決断力があると同時に慈悲深く慎重な政府を想定することができます。（九九）

ユートピア作品でのこうした理性への信頼はプラトンの『国家』以来のものである。特に『モダン・ユートピア』は、「守護者」にあたる〈サムライ〉を指導者層として設定しているう点で『国家』に近い型の社会である。

しかし、ここで注意しておかなければならないのは、『国家』での理想国家はもともと「一個人の正義」を考察するための手段として考えられていたということである。国家は個人を比喩的に表している。

個人と国家という二つの body を照応するものとみなした時、個人の〈理知的部分〉〈気概の部分〉〈欲望部分〉と、国家の〈哲人統治者〉〈守護者〉〈その他の人々〉が対応し、

〈理知的部分＝哲人統治者〉が全体を統御するのが当然で望ましいものとなる。国家の中の個人はそれ自体で独立した個人ではなく、人間の手足のような、全体の中でのある一部分となり、全体が正常に円滑に動くために〈理知的部分〉の言うとおりに従うべきものとされる。こうして、エリート指導者層の存在が正当化される。（この個人と全体の相克が解決されるのは、自律的個人の思考と行動が全体としても正しい思考と行動となる時であるが、それについては『神々のような人々』論で再考する。）

ユートピアの理性重視とかかわるもう一つの思想はペラギウス主義である。原罪を否定するこの思想から、人間は現世で完全になりうるというユートピアの基盤となる考え方が生まれる。

〈ユートピア〉的宗教の主要な原理は原罪という教義の放棄です。〈ユートピア〉人は全体として人間は善であると信じています。それは彼らの最も基本的な信念なのです。（二〇〇）

この考え方は、第三節でみた「人間を過去の軛から解放することが可能だ」という考えに通じているが、人間の可塑性を楽観的に考えすぎていると批判されることが多い。

六

ウェルズの『モダン・ユートピア』は、第三節で触れたように、「新しいユートピア」を目指すものであった。それが、より基本的な理念においてはそれ以前のユートピアに共通する（そして、しばしば批判されてきた）性格を持っているのは何故なのか。

ユートピアは構成員全員の幸福を求めて現実の社会組織を改革しようとする。宗教的ユートピアを除くとこの改革は一般に平等と効率に基づく。例えば、生活のために強制される苦役的労働の軽減を考えた場合、全員で平等に仕事を分けあうという方法を取る。ユートピアの構築とはこの点で理性的に行動することと同義とみなされる。ユートピアの特徴の一つとして計画性が挙げられるのもこれと関係する。

ユートピアでのこの幸福は未来の構成員にも与えられるべきものであり、そのためにこの組織は存続しなければならない。ユートピアはその社会の基盤となる理念に心から賛同し、積極的に責任を持って参加する構成員によって維持されなければならない。現実社会から見ると、全構成員にこのような資質を期待することは困難であり、ユートピア社会を維持していくことも困難に思われる。

そのために、ユートピアを構想する人々は、構成員を指導したり管理したりしてでも社会を維持しようと思うようになり、時としてはそれ自体が目的のようになってしまうことがある。理性ですべてを切りそろえ、個人の自由を制限しているように思われることがあるのもそのためである。（ここからアンチ・ユートピアまではほんの一歩である。）

現実社会を見てみれば、ユートピアの構築と維持が困難であるという状況は明白である。これを、ユートピアを構想するものの側から見ると、その原因は現実社会に住む人間の愚かさ、頑迷さにあるということになる。

私たちは「自分の立場をとる」のです、愚かで小さな論争好きな生き物、それが私たちです。私たちはお互いに相手の正しさを見ようとしません、忍耐強くきちんと述べ、更にもう一度述べるということをしませんし、正直に相手と調節したり計画したりしようともしません。それ故に私たちは意見が合わずに混乱したままでいつづけます。（八九―九〇）

これに対して『モダン・ユートピア』の世界は「大人の世界 an adult world」である。

私たちの地球の熱病にかかったような性急さ、成長が終わる前に始まる腐敗は、「ユートピアでは」成熟した、より長い時間のある成熟に取って代わられています。この現代の〈ユートピア〉は大人の世界です。若者が優勢な世界での、興奮した恋物語、支配的なエロティシズム、冒険的な不確実さは、ここでは、厳粛な熟慮に、もっと充実して強力な感情に、より幅広い対処に席を譲っています。（二一〇。注記、この引用は、直接的には、環境や健康状態が良くなって、寿命が延びたことを述べているが、それが精神や心理ともかかわっているのは明らかである。）

しかし、「私」は、地球でユートピアを作り上げることは不可能ではないと論じる。地球全体に平和をもたらし、世界国家を作ることは、そうしようという意志があれば可能なのだという。「数十年以内に世界の平和をもたらすことは簡単でしょう。人類のうちにそれを求める意志さえあれば！」（二三二）それができないのは、地球の人々が近視眼的に日常生活に捕らわれているからである。彼はこの「愚かさ stupidity」に我慢できない。

愚かさ――ただ愚かさだけです。目的もなく筋の通らない、愚かで獰猛な嫉妬心。

集合に関するより粗雑な諸観念がすぐそばにあります。敵意のある、嫉妬深い愛国主義、トランペットの響き、愚か者のプライド。そうしたものは日常的必要には役立ちますが、災厄に向かって進んでいるのです。現実的なものと即時的なものは私たちを捕まえていますが、それは偶有的で個人的なものです。ちょっとした考える努力、意志を短時間だけでも持ち続けることは、現代人の精神には過度な要求なのです。（二三三）

（念のために述べておくと、視野の狭いユートピア主義者は自分の構想から外れるものをすべて「愚かなもの」と見なす傾向がある。自分の計画を唯一の理性的計画と思い込み、それ以外のものは、実際には筋の通ったものであっても、「非理性的」で「間違った」「愚かな」ものとして抑圧したり排除したりすることがある。ユートピアを求める時の落とし穴であり、これもアンチ・ユートピアにつながるものである。）

議論を『モダン・ユートピア』に戻す。先に述べた愚かさの具体例としてこの作品で大きく取り上げられているのが、誤った「集団観念 aggregatory ideas」、つまり差別的な人種観である。「偽科学 bastard science」（二一九）、「大衆的想像力」、「迷信 superstition」（二二〇）とも呼ばれ、非理性的なものであることが強調される。「私は、こうした『民族的』差異に関する彼らの主張は、普通は、その知性に反比例するということを発見します。」（二二二）

愚かなのは一般大衆だけではない。「私」は現実の日常性に固執する植物学者に腹を立て、「教育ある人々のこの道徳的、また知的な愚かさ」（二四二）を強く非難する。第二節で説明したように、『モダン・ユートピア』では、「私」は、現実世界の代表者ともいうべき友人の植物学者と突然にユートピア世界に行ってしまう。この植物学者はユートピアを理性的に判断して受け止めることができない人物として描かれる。

ユートピアでは犬、猫、馬などを見かけない。伝染病を根絶するためにネズミや害虫を駆除しただけでなく、病原菌を運ぶ恐れのある家畜やペットも街にはいないようにしている。（この極端な潔癖性には作品の執筆年代も影響している。この作品が書かれたのはまだ馬が町中にいて、路上に排泄物が多く、多くの動物や昆虫が病原菌を運んでいる時代だった。ユートピアの衛生的な生活はまさに夢だったと思われる。）

犬好きの植物学者は犬がいないというだけでユートピアに反対する。「私」の説明を聞いても納得しない。「もし犬がいないのなら、君のユートピアを好きになれない。」（一五七）逆に、「私」は物事の一面しか見ようとしない植物学者に我慢できない。こうした人々はそれ以外の面を見ようとせず、別の面など無いかのような振りをしている子供のような人間なのだと述べる。

彼は、例えば、馬は美しい生き物だと信じています。（……）いつでもそうなのだという振りをしています。しかし、私は、（……）馬はある面では美しいが別の面では全く醜いこと、すべてのものがこの［見る角度によって色の変わる］玉虫色絹布のような性質を持っていること、そしてそれ故にこそより美しいのだということを知っています。（一五七―一五八）

このペットの犬の美しい愛情、あるいは、この別の官能的または想像的な喜びは、確かに良いものだと私は思います。しかし、それは、もし何か他のより大きな善と両立しないならば、脇に置いておくことのできるものです。良いものをすべて一緒に集中させることはできないのです。（一五八）

それ故に、物事の多面性を認め、何が重要かを正しくとらえ理性的に判断する能力が必要となる。彼は上の引用に続けてこう述べる。

すべての正しい行動とすべての賢明な行動は、間違いなく、このような両立不可能性の問題における健全な判断と勇気のある放棄なのです。（一五八）

七

個人の自由が最も重要だとしていながら、このユートピアがエリート集団に指導される社会となるのは何故なのか。

それは『モダン・ユートピア』の構想そのものから生じている。先にペラギウス主義に関する箇所で述べたように、ユートピア主義者は人間の可塑性、教育可能性を信じている。しかし、具体的に、現実の人間をどのようなものとみなすか、どんな状態まで変えることが可能だと考えるかはユートピア主義者一人一人によって異なる。

一般的に言って、ユートピアを構築しようとする人間が、現実の人間のわがまま、視野の狭さ、現状変更への恐怖心を強く恐れている程、上からの教育、管理、強制の度合いが強まると思われる。『モダン・ユートピア』での人間の愚かさに対する批判は既にみたとおりである。ウェルズは初期の科学的ロマンスの頃から一貫して人間の愚かな自己満足への警鐘を鳴らしてきた。

現実の人間を素材にして、ユートピアがいかにして可能となるのか。〈サムライ〉に導かれる社会はこの点から生まれる。

先に述べたように、『モダン・ユートピア』はモリスの『ユートピアだより』よりも現実的な、実際の人間が住むユートピアを作ろうとしている。ただし、現実世界にいるままでユートピアにいるのではなく、過去の軛からは解放できるということになっている。それ故に、このユートピアは現実世界の「今・ここ」とは別の世界でありながら、別の世界であってはならない。「今・ここ」から分離して変化していく「ありうべき未来」でもないし、過去のある時点から枝分かれして発展した「もう一つの現在」でもない。

それは、ありえたかもしれない我々が住む世界であり、我々が住むもう一つの「今・ここ」でなければならない。

最初に説明した奇妙な世界設定、「我々の住むこの地球と全く同一の世界で、全く同一の個人、つまり「分身double」が住んでいるが、その分身はユートピアという別の社会体制に住み、その社会で育った人間の考え方をしている」という世界はこのような世界を作品化しようとしたものである。

ウェルズは論理的整合性を犠牲にしてこの世界を作り上げている。この世界は、シリウスのかなたに、この地球からの延長上に、つまり物理的に同一の宇宙に別個の惑星としてありながら、この地球と同一という全く非現実的な前提に基づく世界である。仮にこの点を認めたとしても、更に矛盾がある。一方では、現在存在する人間と同じ人間がいて、作品のこの時点から分離していくとしておきながら、別の個所では、ユートピアと地球の違いは過去において地球では育たなかった人間が育って能力を発揮したからだと述べている。(一七四)

しかし、こうすることによって初めて「今・ここ」の人間がユートピアに住むありえたかもしれない自分に会うという作品が可能になった。作品内では、実際に、「私」がユートピアで〈サムライ〉となった自分の分身と対話したり、植物学者が地球で別れた女性のユートピアでの分身と出会ったりする。「私」と分身との会見は「親密な自己分析 intimate self-examination」（一六七）と呼ばれている。そして、多分、これを読むことを通して、読者も自分の「分身」を想像・創造して、対話をし、ユートピアとより密接に、積極的に関わっていくことになる。

八

すでに述べたように植物学者は現実社会を代表する人物である。日常生活の些事に捕らわれた愚かな人間であり、ユートピアに行ってもそこを正当に評価することができない。物語の最後近くになって、彼がユートピアを感情的に非難し拒否したためにユートピアは消えてしまう。「私」たちの周囲からユートピアのロンドンは消え失せ、二人は地球のロンドン市内に立っている。

現実社会の人間がユートピアを拒否し、ユートピアも彼らを拒絶し消える。

（ただし、補足しておくと、植物学者はこうした機能を果たす登場人物の通例として、読者が彼を自分よりやや劣る人間とみなしうるように描かれてはいる。彼には、「私」に対する読者の評価を好意的なものにさせ、「私」側の視点を持たせるという機能もあるからである。）

とはいえ、全く希望がないわけではない。「私」は、通り過ぎる女子学生 student girl

の中に〈サムライ〉が潜んでいるのを感じる。

結局、結局のところ、散らばって、隠れて、組織化されず、見つけ出されず、自分自身からさえも疑われることもないとしても、〈ユートピア〉のサムライはこの世界にいるのです。彼の地で発展し、組織化された諸動機は、ここでは物言わずに身動きし、一万もの価値のない心の中に身を潜めています。（二四一）

その後、植物学者との会話を通して、「私」は再び現実の前での無力感に捕らわれるが、やがて気を取り直す。「『意志』は『事実』より強力です、それは『事実』を形作り克服するのです」（二四一）と考える。その時「私」はロンドンの街の中で黙示録的なヴィジョンを見る。アジアの七つの教会に使わされた天使のような御使いが大地と天空の間に炎のようにそびえたってラッパを吹き鳴らす。（『黙示録』一章四節、および一〇章七節「第七の天使がラッパを吹くとき、神の秘められた計画が成就する。それは、神が御自分の僕である預言者たちに良い知らせとして告げられたとおりである」等を参照。）

そして、彼がラッパを吹く時、すべてのサムライ、〈ユートピア〉でならサムライであるすべての人々が、自らを、そしてお互いを理解するでしょう。（……）私たちのうちでサムライの性格を持つ全員が自分自身とお互いを理解するでしょう。（二四四―二四五）

これは、地球の愚かな状況に天から与えられるユートピアである。しかし、すぐに彼は考え直す。個人の独自性、唯一性という哲学からすれば、一瞬にすべてが変わることなどない。変化は少しずつ起こるものだし、「私」のユートピアが唯一のものとなるわけでもない。

強力な力が上から一挙に世界を変えてしまうユートピアなど無いし、またそうしたいわば「独裁者」による強制的な改変を望んではならない。ウェルズは、現実社会にユートピアを築くとは何かをもう一度冷静に考えようとしている。

九

第二節で述べたように、『モダン・ユートピア』の構成上の特徴には、「小説と論文の混成物」とか「一方に哲学的議論、他方に想像的語り imaginative narrative がある一種の玉虫色絹布」（xxxiii）と呼ばれている面がある。これは、単に、ユートピアを説明する論文の部分と、「私」と植物学者が旅をする小説的部分が混在しているということ以上のものと考えることができる。

表現上のこの対立を、「ユートピアの世界」と「現実世界」との対立に対応させてみたい。

植物学者は、多分に一面的、類型的に描かれているが、現実社会の多くの人間を代表するものとして登場し、「こんな世界は普通の人間には窮屈で魅力がない、住みたくない」とユートピアの理想論を批判する。この反応を含みこむことが、小説的であり、「想像的語り」である。そこに描かれているユートピア社会を無批判に肯定し受け入れるのではなく、地球にいる現実の人間が行いそうな反応を示そうとする態度が小説的なのである。

多くのユートピア小説で、現実社会からの訪問者はユートピアにいわば「洗脳」され、熱心な賛同者となって帰還することが多いのと比較されたい。

『モダン・ユートピア』では、ユートピアを構想している「私」自身さえもがいつの間にかその世界にいて、その世界に生きる個人として(時として翻弄されながら)生活せざるをえない。(始めのうち彼らはどんな世界にいるのかもわからず、手探りで旅を始める。『タイム・マシーン』で主人公の「時間旅行者」が未来世界について「私には『ユートピア』物語によくある便利な案内人がいなかった」と述べる場面が思い出される。)

私は自分が〈国家〉の全体的な機構の外側に立っているといつも想像していました――いわば、著名な訪問者用の展示室にいるかのように――そして新世界を一連の包括的透視図法のうちに収めていると。しかし、この〈ユートピア〉は、私が全力で維持している一般化の大きな浮袋にもかかわらず、私を飲み込みつつあるのです。(一五二)

どうして現代の〈ユートピア〉はその創造者の手から滑り落ちて、「植物学者の」個人

的なドラマ――こんな愚かでちっぽけなドラマ――の背景になろうとし続けるのでしょうか。（一七三）

ユートピア対現実、論文対小説という対立は、さらに、全体対個人の対立に重ね合わせることができる。既に見てきたように、『モダン・ユートピア』は、一方では個人の自由を重視し、それを尊重する共同体を作ろうとしながらも、もう一方では現実の人間への不信感を拭いさることができない。自由と管理の二律背反は、人間の理性を信じる楽観主義と、狭隘な日常性に捕らわれた現実の人間の愚かしさへの悲観主義の葛藤となる。

少し違う言い方をすれば、「ユートピア主義者としてのウェルズ」と「小説家としてのウェルズ」の葛藤とも言える。この作品はユートピア願望が人間不信を抑えきれなかったかなり悲観的作品と見ることもできる。

しかし、ユートピアとの出会いが現実側からの「親密な自己分析」（一六七）の機会であるなら、ユートピアにとっても現実との出会いは同様な意味を持つ。

私には人間の生活のこの二つの側面を分けることができません。それぞれが他方を批評しています。大きなものと個人的なものの間のあの不調和に、私には解決できない両立不可能性が含まれています。そして、それは、それ故にこの相反的な形式で提示しなければならなかったものなのです。（二四七）

『モダン・ユートピア』中でのこの対立は、互いに他方を批評しあっている。それは、相補的であり、ユートピア構築を論じる時に避けることのできない問題である。そして、読者もまたこの葛藤を通して自分自身の中でこの問題により能動的に関わっていくことになる。

第三章　『モダン・ユートピア』と優生思想

一

前章で述べたように、ユートピア思想と優生学には密接な関係がある。ユートピアを構築しようとする時、（どのような基準に基づくにせよ）「理知的で、健康で、美しく、道徳的な」人々のみの住む世界を思い浮かべるなら、つまり、そうした人々だけになるように計画された世界を考えるならば、そこには優生学的思考が存在している。人間の特質のうち特定のものを一定の条件で選択して、それにかなった人々を人為的に増やし、そうでない人を人為的に減らそうとするなら、それは優生学的方策となる。優生学は、個人の諸特質に価値的な優劣をつけ、差別するものとして強く批判されている。なお、人間を特定の方向へと人為的に操作することに対して、そうして画一化してしまった場合に、種としての存続のための多様性の確保をどうするかという面からの優生学批判もあるが、ここではそれ取り上げない。

この章では、『モダン・ユートピア』を中心に、個人の自由と、共同体の秩序と効率的運営の関係を、共同体の均質化と「改良」を目指す優生学との関係から考えてみたい。

日本語で「ユートピア」と「優生学」が頭韻になっているのは偶然であるが、“utopia”と“eugenics”が同じ音で始まるのは偶然ではない。トマス・モアが『ユートピア』執筆にあたってギリシア語から作った“utopia”という語は、「無い場所 ou-topia」であると同時に「よい場所 eu-topia」でもあった。一方“eugenics”はイギリスの遺伝学者フランシス・ゴールトンが一八八三年に作った言葉である。リチャードソンはこの言葉がギリシア語“eugene”から作られ、「血統での良さ」“good in stock”を意味するとして、以下のゴールトンの説明を引用している。

血統を改良する科学、それは決して賢明な交配の諸問題に限定されるものではない。それは、特に人間の場合には、より適切な民族や血統に対して、彼らよりもふさわしくないものに対して直ちに勝利するより良い機会を与えるのに役立つすべての影響を、どれ程僅かな度合いでも、認めるものである。(リチャードソン、二。ゴールトン『人間能力の探求』からの引用)

『オックスフォード英語辞典』OED によれば形容詞“eugenic”は「特に人間の種族における、優秀な子孫の生産に関係する、あるいはそれに採用された」であり、“eugenics”は「[経済学 economics、政治学 politics などの語形との類推に従って] これをその目的としている科学」である。

優生学にもユートピアにも、個人と共同体の相克が影を落とす。

優れた人間集団を人為的に作っていくのが優生学であり、良い生活を保障する場あるいは共同体がユートピアである。一般論として、自分の属する集団がより優れた人間の集団となるとか、今よりももっと良い生活を送れる、ということに反対するのは難しい。例えば、「貧しい生活のほうが優れている」といった考えも、つまりそれは悲惨な生活ではない貧しさ、肯定的に言えば「質素だが平等」「豪華ではないが十分」といった考えに基づき、それが良い生活だということになる。

優生学には積極的優生学 positive eugenics と消極的優生学 negative eugenics がある。前者は「望ましい」人間を増やすために「優秀な」男女による出生=再生産 reproduction を奨励し、極端な場合には強制的な結婚を命じる。後者は「望ましくない」人間を減らし、最終的にはゼロにすることを目指す。結婚や子供を作ることを禁じるものから、断種、更には処刑に至ることもある。『優生学の名のもとに』の訳者西俣総平は後者に対し、消極的という語には何もしないような語感があるが、断種や出生抑制に「きわめて行動的であり、積極的に障害者を排除し社会的弱者を蔑視する優生思想」(五二一)があるとして"negative eugenics"に「禁絶的優生学」という訳語を使用している。

優生学を考えるうえで問題となるのは、「優れている」とか「良い」という抽象的な語が特定の個人や団体によって具体的な特徴として示され、往々それのみが許されるような場合である。本論でも「優れた」や「良い」という言葉を使わざるを得ないが、それは何らかの特定の状況や特徴を指すものではなく、個々の優生学支持者による時代的・文化的背景に強く依存する言葉であることを強調しておきたい。

モアの『ユートピア』も家父長制的管理社会であり、かなり自由を制限されているとする批判は多い。(囲い込み運動により「羊が人間を食う」(七四)と言われた状況では最低限の衣食住が保証されているだけで楽園だったのだろうが、現代の日本人がそこで暮らしてユートピアと思うかどうかは難しいだろう。）この社会では、家畜の交配を念頭に、結婚前に女性が全裸を見せて健康を確認するという習慣がある。カンパネッラの『太陽の都』（一六二三）では優れた男女を結婚させるなどの優生学的政策が実施されている。また、ユートピアは、エリート的指導層と管理される多くの一般住人からなり、後者は良き歯車としての幸せを与えられるという見方は可能であり、それが悪いほうに強調されればザミャーチンの『われら』（一九二一）やハックスリーの『素晴らしい新世界』（一九三二）、更にはオーウェルの『一九八四年』（一九四八）のようなアンチ・ユートピアとなる。

優生学が成立する以前から描かれてきたユートピア作品の歴史において、一九世紀におけるダーウィン進化論の登場は重要であり、これによりモアやカンパネッラの経験的な結婚政策が実は進化論に基づくいわば「科学的根拠」を持つこととなるのだが、この「科学的」という言葉が大きな問題であるのは言うまでもない。

二

ゴールトンに始まる優生学は一九世紀末から二〇世紀前半において政治家、社会改革者、女性参政権主義者、社会主義者などから多くの賛同者を得て、各地でそれを推進する運動がすすめられた。ウェルズの名も常にあげられている。ウィーンは『モダン・ユートピア』

への序文でこう述べている。

優生学がナチズムと同義語であるような現代の読者はこう聞くと驚くかもしれないが、一世紀前［一九世紀］には最も著名な優生学主義者たちは進歩主義者や社会主義者だった。彼らにとって自由放任主義 faissez-faire は、経済学において同様に、種の増殖においてもはや容認できないものであった。（xviii）

ここでは詳述しないが、以下の優生学の歴史については、第二次世界大戦後の状況やいわゆる「新優生学」も含め、ケルヴズ、トロンブレイ、レヴァインなどを参照されたい。また、一九世紀末の「新しい女 New Women」との関係についてはリチャードソンが、フェミニズムと産児制限の関係については荻野が詳しい。

レヴァインは優生学が支持された理由に、世紀末に広まった「退化 degeneration」への恐怖、下層階級の多産性への不安を挙げ（二七）、「道徳的痴愚者 the moral imbecile」という範疇が作られたとする。後者は「正しいことと間違ったこととの区別がつかず、それ故に罰が抑止力とならない」（二八）と考えられた。

ウェルズは、未来予測的評論『予測』（二五三）や『モダン・ユートピア』（一〇〇）で、人々が「不適応者の急速な増加 Rapid Multiplication of the Unfit」という言葉に影響され、不安を感じているいると批判している。（これはアメリカの女性解放運動家ヴィクトリア・ウッドハル（一八三八－一九二七）の言葉。彼女は女性選挙権、自由恋愛を主張した。）
トゥルダは「現代性 modernity」が種族の再生と健康を求めるものとし、ヨーロッパの優生学は以下の三つの原則に基づいていたと述べる。

第一に、個人の肉体的条件を決定するにあたっての遺伝の決定的な役割、第二に生物学と医学と国家の健康の間の連結、第三に科学の政治問題化 politicisation である。（七）

この点で優生学はヨーロッパの近代における重要な一面であり、「理想的国家共同体 an idealized national community」を再生するために個人と国家を結び付けるものであり（八）、また科学的知識が不可欠なものであった。彼はさらに後者に関して当時の「科学主義 scientism」がこれと強く結びついていると論じている（第一章）。

ウェルズもこうした流れの中にいたのは明白である。例えば『タイム・マシーン』におけるエロイとモーロックの描き方には、退化や下層階級への恐怖が見て取れる。ハインズは、科学者としてのウェルズ、T・H・ハクスリーを尊敬し生物学と進化論を学んだウェルズに注目し、秩序と効率を重視する彼の志向がSF的作品やユートピア的作品に強く表れていると論じている。

三

優生主義による施策はナチス・ドイツのユダヤ人虐殺や障害者断種だけではなかった。二〇世紀前半、欧米では優生学思想に基づく「不適応者」の隔離や断種が広く行われていたし、戦後にもそれは続いていた。米本は『優生学と人間社会』でこう述べる。

第二次世界大戦の戦後処理の過程では、ナチズムの悪とは、暴力的な政治体制とユダヤ人などの大量虐殺を指していた。大規模に行われたナチスの断種政策は、確かに他の国と比べれば極端なものではあったが、実際には似たような「保健政策」は、他の国でも実施されていた。断種政策は、五〇―六〇年代には、まだ「問題」として見えていなかったのである。（米本他、終章、二三八）

彼によれば、優生学は一九七〇年前後に「否定的に再発見された」（二三八）。それをもたらした六〇年代における状況の変化に以下の三点を挙げている。①公民権運動による社会的マイノリティ（障害者、同性愛者など）の権利確立運動。②科学技術一般や専門研究者に対して厳しい目が向けられた。③分子生物の発展により遺伝の基本原理が分子レベルで明らかにされた（二三八―三九）。更に彼はそこから生じた「危機イメージとしての優生学」について述べる。

再発見されたナチス優生学は、七〇年代以降、先端医療やバイオテクノロジーの研究で新しい展開があるたびに、批判の枠組みの基準点の役割を果たすことになった。そしてこのようにして成立したナチズム＝優生社会＝悪の極北という図式は、研究や技術使用の場面にナチス優生政策との類似点を見つけ出し、そこに危険が含まれることを喚起する機能を果たすことになった。このような機能をもった優生学を「危機イメージとしての優生学」と呼ぶことにする。（二四〇）

米本は、『優生学と人間社会』において、この本が優生学は「『合理的な近代化政策』の一種」（二七八）であったことを論証したものであり、「優生学的危機と言われてきた問題の核心を、二一世紀社会に向かってどう有効でかつ過不足ないかたちで漉しとることができるか」（二七八）が「われわれに課せられた課題」であると述べている。

過去の出来事を単純に現在から批判・断罪するだけにとどまらず、その過去の状況において考察し、また現在を考察する判断材料とすることが、こうした研究に求められている。科学史の研究について坂野は「村上陽一郎の科学史方法論」でこう述べている。「だが、現在の価値観で過去を裁断してはならない、という言明には限定がつく。こうした言明を無際限に認めてしまうと、それは、例えばホロコーストや従軍慰安婦の正当化にもなりうるからだ」（一九四）。村上陽一郎はこうした疑問への返答「批判にこたえて」で、今「悪」とされるものがかつてある人たちにとっては「善」であったのは確かで、「現在の私たちが、過去から学ぶべきことがあるとすれば、人間というものは、『場合によっては』そういう価値観を持ち合わせることができる存在なのだ、という決定的な事実である」（四〇〇）と述べている。

一九六〇年代、七〇年代には生殖や遺伝に関する研究が進み、それに基づく新しい生殖医療や遺伝子工学が生まれてくる。ヒトゲノムの解明、出生前検診、遺伝子改変、デザイナー・ベイビーなど問題が生じ、新優生学と呼ばれる状況ができてきた。それに伴い優生学研究も新しい視点からの行われるようになる。

ケヴルズの『優生学の名のもとに』は一九八五年出版だが、彼は序文で、遺伝子操作の研究に関する議論に優生学が暗い影を落としていることに気づき、歴史的研究をもとに、生じつつある様々な問題と可能性に有益な議論を示すと述べている。

それまでの優生学の問題点が、国家政策のように、個人に対する共同体からの強制にあったとすれば、新優生学的な問題は、個人が妊娠、出産を管理、操作できるようになったこと、また企業による営利的な関与が生じうるようになり、また経済格差と直結したということであろう。（こうしたことから生じる問題は多くのＳＦやアンチ・ユートピアで頻繁に描かれているのだが、ここでは取り扱わない。）

本論との関係でいうと、ケヴルズや以下に挙げるトロンブレイの著書は優生学に関する一般的関心を引くのに力があったが、そこでは往々にしてウェルズが優生学支持者として強く批判されている。一九世紀末から二〇世紀初めに優生学に賛同した人は多いが、ウェッブ夫妻、Ｇ・Ｂ・ショー、そしてとりわけＨ・Ｇ・ウェルズはその知名度から大衆に分かりやすいターゲットだったといえよう。

例えば、トロンブレイは『優生思想の歴史』中でウェルズによる「欠陥者の断種」などのことばを引用し、『モダン・ユートピア』から「本当に劣っている人種に対する唯一のまともで論理的な手段は、彼らを根絶やしにすることだ」という文を引用している（五六）のだが、『モダン・ユートピア』を見ると、これは実在の特定の人種を皆殺しにするという意味ではない。「仮にすべての点で劣る人種がいたら」の話であり、いたとしても、そうした人々は結婚に関する法律と最低限給与の制度でいなくなるだろうと述べ、しかも後のところではそもそも本当に劣った人種などないと書いている。（『モダン・ユートピア』二二四―二二五参照）以下で述べるようにウェルズが『予測』や『モダン・ユートピア』、『神々のような人々』で優生学を肯定的に論じていたのは確かであるが、それで彼のユートピア思想を全く否定してしまうことなく、現代において形を変えて現れているユートピアと優生学の問題を再考する一助とすべきであろう。

四

一九六〇年代、七〇年代は、ＳＦやユートピアの研究が学問的研究として注目を集めだした時期でもあり、それに付随するようにしてウェルズ研究が盛んになり始めた。（例えば、バーゴンツィ、ウェイジャー、ヒレガス、パリンダー、マッケンジー夫妻など。これについては宋による説明（一三―一四）が分かりやすいのでそちらを参照されたい。）しかし、優生学批判が広まり始めていたにもかかわらず、ユートピア研究やウェルズ研究では彼の優生主義についてはあまり触れられないか、多分に弁護的になされていた。

例えばマニュエル兄弟の大部なユートピア研究『西欧世界におけるユートピア思想』では索引に優生学の項目がなく、カンパネッラについて優生学的とあるだけだし、そもそもウェルズ達のダーウィン進化論以後のユートピアについてはごくそっけない。同じく大部のクマーの『近代におけるユートピアとアンチ・ユートピア』にも索引に項目がなく、ウェルズの『モダン・ユートピア』に関する説明で簡単に触れているに過ぎない。（ラックハーストやクレイズなどの近年の著作には多少詳しく論じているものもある。）ブッシュは、ウェルズを優生主義とする批判には妥当で説得力もあるかもしれないが、ウェルズの全体像を見ればそれだけではないことがわかる、ウェルズは優生主義者として不当に強い非難を受けていると述べている（四〇）。始めに述べたようにユートピア思想はプラトン以来優生学を明示的・暗示的に含んでいるのだが、ユートピア研究者は、「優生学＝悪」の視点を考慮し、この問題に触れることに躊躇しているのではないかと思われなくもない。

なお、ＳＦやアンチ・ユートピア小説では、優生学的技術や制度が描かれても、遺伝子工学などの可能性として示され、明白に優生学を支持しているようには描かれないことが多く、研究書でも優生学に批判的な立場から論じられているように思われる。

五

本論と関係するウェルズの著作として『モダン・ユートピア』に加えて、ここでは『予測』（一九〇二）、『神々のような人々』（一九二三）を取り上げる。（以下今日では許容しがたい優生学的考えが示される部分もあるが、議論の進行上了承されたい。）

（一）『予測』

『予測』は小説ではない。全題名を『機械的および科学的進歩の人間の生活と思想への反応に関する予測』といい、一九〇一年に雑誌『フォートナイトリー・レヴュー』に連載された未来予測エッセイである。この作品と『モダン・ユートピア』はよく似た構成をとっている。まず、科学技術の進展によってもたらされる快適で利便性に満ちた生活を描き、その社会での中心となる、科学や科学技術に関心のある新しい中流階級の出現とそこから生まれる「新しい共和国 New Republic」（二二七）の成立、そうした人々に導かれる理性的で効率的社会を描く。読者を説得するこの手順はウェルズだけでなく広くユートピア的作品に共通するものともいえよう。

当時の優生学の観点からは、ある種の心身の障害、知的発達の遅れ、暴力癖、過度の飲酒癖などは遺伝的なものだと考えられていて、それによってその人自身が苦しみ、家族の負担ともなり、また国家への負担でもあると論じられていた。

「新しい共和国」では優生学的政策をとり、その倫理的制度 ethical system の原則は彼らの考える「望ましい人々」を増やし、「望ましくない人々」を減らすことにある。

世界国家を支配する倫理的制度は、主として、人類における立派で効率的で美しいもの――美しく頑健な身体、明晰で強力な精神、増大する知識の総体――を生み出すのに役立つように形作られるだろうし、また、人間の精神と肉体と習慣において卑しく、追従的な型の、また恐怖に駆られた臆病な魂の、すべての下劣で醜く獣的なものが生み出されるのを阻止するのに役立つように形作られるだろう。(二五六―二六七)

後者の対象となる人々は、「例えば、議論の余地なく遺伝性の疾病や遺伝性精神障害、酩酊状態を渇望するような忌まわしい矯正不可能な精神的習慣に苦しんでいるごく少数派の人間」(二五八)であるが、将来は医療科学 medical science が進み、出生に関する諸状況はもっとはっきり分かるようになるだろうと付け加えられている。こうした人々は「色欲を抑えきれないこと incontinence と愚かさ stupidity」(二五七)から生まれるものであり、こうした人々をなくすことは苦痛の排除であるとされる。

新しい見方においては、死は、生の悲惨さに対する説明不可能な恐ろしさでも、無意味な終局の恐怖でもなく、生の苦痛すべての終わり、失敗の苦痛の終わり、虚弱で愚かな意味のない物事の慈悲深い抹消である。(二五七)

彼らの生存は「憐れみと忍耐」により、また、増加しないだろうという考えから許容されているが、その許容が濫用される時には、「新しい共和国」の人々は彼らを殺すだろうと述べられている。（二五八）

『予測』では、「新しい共和国」は福祉国家であるとされる。更に、再生産（＝出産）reproduction について、つまり積極的優生学についても述べられている。ここでは効率的な母親 efficient mother は国家にとって重要な人間として高く評価される。「最良の子供たちを生むことのできる効率的な母親は国家において最も重要な種類の人間である。（二六七）

先に述べたように、この作品では消極的優生学がかなり強く主張されており、後代の論者から批判されるのも不思議ではない。

ただ、生物学とダーウィン進化論に造詣の深かったウェルズは社会進化論的観点を批判し、不十分な基盤に基づく優生学に留保していた面も多い。この巻に収められた論文「出産援助の問題」はもとは『形成中の人類』（一九〇三）の第二章であるが、優生学に対する語調はやや批判的である。彼は、プラトン以来の「劣った人を減らし、優れた人を増やす」（三〇九）という考えの難点について論じている。問題は、「全体的な提案と、まじめで正直な人間による実際的な適用との間に介入する隔たりと困難」（三〇九）にある。動物の品種改良と異なり、人間の場合はうまくいかなかった個体を処理して済ますわけにはいかないし、多様性も必要である。（三一一）また美 beauty とか健康 healthy と言っても具体的にどのようなことなのかについては意見が分かれる。ゴールトンの考えとは違って、獲得形質は遺伝しないのだから簡単に種を改良することはできない。（三一八）「不健康の遺伝的な形 hereditary forms of ill-health」（三一八）はあるだろうし、それを減らしていくこともできるだろうが、それが何で、どう取り扱うべきかの具体的条件についてはわからない。「完全な」健康といった問題についてはまだ科学の名に値するものがないのだ（三一九）とも述べている。

消極的優生学は支持されており、進化論的に大事なのは選択的交配ではなく、平均以下の個体の死である（三二〇）と述べるが、同時に、「犯罪性 criminality」は遺伝以外の要素とも関係しているだろう（三二三）とか、過度の飲酒癖も遺伝であるかどうかははっきりしない（三二九）とし、また狂気 madness が家系的、遺伝的なものという議論は不十分であり精査に堪えないだろう（三二九―三〇）とも述べている。

しかし、一九〇三年の『形成中の人類』にあったこの留保は、一九〇五年の『モダン・ユートピア』ではあまり明確になってはいない。

（二）『モダン・ユートピア』

『モダン・ユートピア』の全体的な検討は前章で行ったので、ここでは優生学に関した部分について述べていくことにする。

原題 ***A Modern Utopia*** の不定冠詞を「ある一つの」という意味にとると、この作品を「現代のユートピアの一案」と読むことができる。ウェルズのようにユートピアやアンチ・ユートピアと関係する作品を多く書いた作家については、どれか一つの作品をそれがその人の思想を代表して示していると論じるのは正確ではない。また、ユートピア小説については、それが虚構の作品であり、そのまま作者自身の社会改造計画の具体的設計図だとみなすのは短絡的であるということが、ユートピア批評において重要な視点であることは言うまでもない。ペンギン版の序文でも、ウィーンはウェルズがどこまで真剣 serious だったのだろうかと疑念を示している(xxii)。

この作品の舞台となるユートピアは宇宙のシリウス星のかなたにあり、全惑星は単一の「世界国家 World State」になっている。ここは地球とまったく同じ世界であり、地球にいるのとまったく同じ個人が暮らしている。(二三)ただ、ここではその住人はユートピアに生まれ育ったらこうなるであろうという存在となっている。(二三)このかなり矛盾のある設定は、われわれが今住んでいる世界のユートピア的な別のありようと、そこでなら今の自分はこうなりうるのだということを具体的に提示しようという試みである。

このユートピアは、常に上昇を目指す動的 kinetic なユートピアである。(一一)近代になって生まれた個人の自由という観念は人間の幸福と不可分であり、ここではそれが最大限に保障されている。(一三)労働の軽減に科学技術を積極的に利用し、それによって労働者階級は存在しなくなっている。(七三)まとめると次のようになる。

〈国家〉は〈個人〉のために、法は自由のために、世界は実験と経験と変化のためにある。これが現代の〈ユートピア〉が基盤としている基本的信念なのです。(六六)

前章で述べたように、このユートピアは〈サムライ〉と名付けられた「自発的貴族階級」によって管理、運営されている。彼らは世襲制ではなく、志願した肉体的、精神的に健康な人間からなり、教育、健康、信条などにおける厳しい条件を満たさなければならない。より良い状態を目指す動的ユートピアでは将来的には構成員の全員がこの「サムライ」のようになるべきだから、そこには暗黙のうちに優生学的な方向性が生じるし、優生学的な制度が実際に実行されている。

「モダン・ユートピアにおける不適応者 failure」に関する章では、このユートピアについて、地球とまったく同じ人間がいる以上同様に「優れた人」や「劣った人」がいるが、ユートピアとして道徳的、精神的、肉体的改善を経ているだろうとして、以下のように述べる。

私たちの役目は、〈ユートピア〉が、その世界の先天的病弱者や、その世界の白痴や狂人、その世界の大酒飲みと邪悪な精神の持ち主、その世界の残酷でずる賢い者たち、その世界の愚かな人々、愚かすぎて共同体の役に立つことができない人々、その世界の教育不可能で想像力を持たない人々に対してどうするだろうかと問うことです。（九五）

更にこれに続けて、あらゆる点で「劣った poor」無気力で無能な低級の人々をどうするかとも問うている。

ダーウィン進化論によれば、生物は生存闘争と最適者生存の法則に従っており、先にあげたような人々は環境に適応できない不適応者として脱落してしまうだろう。しかし、ウェルズは、人間が「自然界の反逆者 the rebel child of Nature」（九六）であり、弱者を助けることができるのだと論じる。（第一章でのT・H・ハクスリーの『進化と倫理』についての説明を参照されたい。）

「世界国家」は福祉国家であり、弱者にも一定の生活水準が保証され、仕事も与えられている。ただし、こうした人々には子供を作ることが認められない。

そして、さらに、これ以外の人々もいるのだと続けられる。次の引用は多分に差別的表現を含むが、議論の都合上そのまま訳出する。一九〇五年のものであることを考慮されたい。

それ以外の人々も残っています。白痴や狂人、倒錯的で無能力な人々がいます。泥酔者や薬物中毒者などになるような性格の弱い人々がいます。そして、ある種のよごれた、遺伝性の病気にけがされた人々がいます。こうした人々はみなほかの人に対して世界を損なっているのです。（九九）

ここでは、先に見た遺伝的不適応者についての留保は見られず、また、その基準もかなり独断的あるいは恣意的に規定されているように見える。ウェルズに限らず、当時の優生学支持者にはこの傾向が強い。当時は遺伝と性格や知能との関係についての研究は不十分なものであったし、暴力や過度の飲酒癖は遺伝的なものと考えられていた。

こうした人々については「社会的外科手術 social surgery」（九九）に頼ることとなる。特定の島に隔離するのである。これは刑罰ではなく矯正学校であり、国家は出生時の奇形や重病者を除けば全員の生活を保障している。死刑も処刑室 lethal chambers もない（一〇〇）。犯罪と悲惨な生活は国家の失敗を示す物差しである。島では同じような犯罪傾向を持つものが集まって暮らすことになるが、島にいる限りでは自治が認められている。

前章でも述べたが、このような提案の恐ろしさは、その実施が「冷酷で、感受性がなく、残酷な執政官」（九九）の手に落ちたらどうなるだろうか、ということだと彼は自問し、いや、ユートピアでは可能な限り最良の政府、強力で決断力を持つと同時に慈悲深く慎重な政府があるだろうから、誤った人間によって残酷な管理が行われる心配はないと自答する。（九九）

この論理はユートピア思想にしばしば見られる。ユートピア構想者にとっては、理性的な善への信頼の表れでもあるのだが、自分たちは理性的で善意で行動していると考える共同体は往々にして容易にアンチ・ユートピアになってしまう。これは、ユートピア思想（および、この場合には優生学の論理）の危うさを示しているものでもある。

ただし、ウェルズを弁護しておくと、彼は生まれ nature と育ち nurture の対立を強く意識しており、『予測』や『モダン・ユートピア』でも、教育によって人間の愚かさを克服することを積極的に論じている。

（この隔離の例は、自由こそ人間に不可欠とするこのユートピアにおいても、他者や共同体に害を与えるような場合には自由が制限されるべきだという原則があること、また、十分に理性的な人々であれば、共同体で暮らす上で、自発的に自己の自由を制限しうると考えているということを示している。このような形で共同体を個々の構成員より優先することは、まず共同体ありきとするユートピアにはしばしば見られる。個人の自由と共同体の葛藤は次で述べる『神々のような人々』のように構成員全員が十分に理性的に考え、行動できる場合に解決されるということになる。）

ウェルズは『自伝の試み』（一九三四）において『予測』や『モダン・ユートピア』では積極的優生学を取り入れないようにしたと述べている（五六一）。これが特に強調されているのは、先に述べたように『モダン・ユートピア』では自由が最重要とされているからである。積極的優生学では往々にして国家による結婚の管理や強制的結婚・出産が論じられることがあり、それはここでは許されるべきではなかったのである。

彼は『自伝の試み』でも『モダン・ユートピア』を『アン・ヴェロニカ』（一九〇九）などの性に関する問題を扱った作品とともに論じている。（三九四）この自由な恋愛関係の重視は、何度も「不倫」を重ねたウェルズの個人的意見でもあろう。彼の二度目の結婚を女性側から描いたともいえる面を持つ『アン・ヴェロニカ』では、女性から愛を告白する女子大学生アン・ヴェロニカを描き、当初は出版を拒否され、出版後も強い批判を受けた。自由恋愛の端的な形は『彗星の時代』（一九〇六）にも表れている。この一種のユートピア小説では、宇宙から飛来した彗星の尾部に含まれたガスが地球を覆うことにより人類はより理性的存在として覚醒するが、その最終部では複数の男女による自由恋愛が肯定されている。

先に述べたように、『モダン・ユートピア』では、たとえ処刑や中絶が認められていないにせよ、消極的優生学がかなりはっきりと描かれている。ウェルズは、何を世界からなくすべきかについて彼なりに具体的に認識していたのだろう。ただ、当時の医学、生物学的知識から多くを遺伝的なものと考えてしまっていたのだ。

（この作品での「私」はユートピアの代弁者として、理性・効率重視の立場をかなり強く表しているが、同時に「小さく、太った地球人」であり、ウェルズの戯画的側面も持っている。ウェルズは作中で自分を「私」とユートピアのもう一人の「私」とに分け、更には、「私」と「植物学者」にも分けている。「私」対「植物学者」や、「ユートピア的理性」対「小説的感情」の対立については前章を参照されたい。）

論文「出産援助の問題」における留保を考えると、ウェルズ本人の考えが、このユートピアと「私」そのままであるとは思えないが、少なくともこの作品では、彼は、ある種の不適応者を遺伝的原因によるものとして、優生学に基づく方策でそうした人々を排除しようという考えを提示していると読むことができよう。既に述べたように、多くの精神病、精神障害や過度の飲酒癖などを遺伝的なものとみなすのは当時の優生主義者にとっては科学的に当然なことであった。繰り返しになるが、過去のユートピア作品を読むにあたっては、当時の科学的知識の限界を理解しつつ、批判的に読んでいくことが重要となる。

（三）『神々のような人々』

『神々のような人々』は『モダン・ユートピア』より二〇年ほど後の一九二三年に発表

された。詳しくは第六章で扱う。このユートピア小説の舞台はパラレル・ワールドか異次元のようなところにあり、物語は他の地球人と共に偶然その世界に転移してしまった男バーンスタプルによって語られている。この世界は、常に前進していく『モダン・ユートピア』の世界がずっと未来まで発展した形であると言えよう。それは、人間の理性が自然を支配した世界である。本文中に言及はないが、いわば「進化」と「倫理」が調和した世界とも言えよう。ユートピアの住人はこう述べる。

私たちは、何世紀にも及ぶ苦闘の後に、［母なる自然の］より悪意に満ちた気まぐれ nastier fancies を抑え込んだのです。……〈人間〉とともに〈ロゴス Logos〉、つまり〈言葉 the Word〉、と〈意志 the Will〉が宇宙にあらわれました。宇宙を見つめ、恐怖し、学び、そして恐怖することをやめ、それを知り、理解し、支配するためにです。……私たちは、毎日、この小さな惑星を支配する方法を前よりも少し良く学びます。毎日、私たちの思考が、私たちが受け継いだもの、つまり星々、へと向かってより確実に向かっていきます。（一〇七―一〇八）

ここには指導者層と被指導者層という対立はない。全員が理性的にかつ自由に生きており、管理と個人の自由の相克という問題もない。「［この世界の日常生活は］半神 demi-gods の生活である。実に自由で、非常に個人化されており、各人が個人的好みに従って暮らし、各人が大いなる種族の目的に寄与している。」（二八五）

この世界は健康で美しく理性的な人間だけが住んでいる。そこに達するまでには長い時間がかかった。ユートピアが成立するまで五〇〇年かかり、政治、商業、競争がなくなってから千年以上過ぎて、優生学を始めてまだ一二、三世紀とされている。ウェルズは人間が進化と戦うにはこのくらいかかると考えていたのであろう。

ここでは優生学的な施策についての詳細はなく、むしろその結果が描かれているのだが、ユートピアの成立に優生学は必要だとウェルズが考えていたと読むことができよう。

六

多少繰り返しになるが、ユートピアと優生学の問題にからめて少しまとめておきたい。作品を作者から切り離すことは現代批評にあっては常識であるが、ユートピア作品のようなメッセージ性が強いと思われる分野にあっては、作者の意図をある程度考慮に入れる読み方も必要となる。ユートピアと優生学の関係について言えば、優生学を支持する人間が優生学的制度をとる社会を書いた場合、その作品での議論を作者の考えとみなすこともある程度当然であろう。だが、すでに述べたように、虚構としてのユートピアで述べられたことは作者自身の考えと全くイコールであるとは言えない。まして、作中人物の考えを著者の考えと無批判に同一視することには問題がある。

ウェルズはその時代的・文化的環境の中で優生主義をある程度支持したが、遺伝だけですべてが決まると考えていたわけではない。生涯を通して一貫して教育による改革の道を強く主張し、啓蒙的著作も多く表している。確かに『モダン・ユートピア』には優生主義に基づく制度が述べられているが、それだけをもとに、あるいは特にその一部を取り出して、彼の思想を論じるには慎重であるべきであろう。

今述べたように、彼は生まれ育った時代的・文化的環境の中で、つまりその時代に理解されていた生物学、遺伝学、政治思想などの範囲内で思想を形成し、その範囲内で優生主義をよりよい社会を作るのに有効で正しいものと判断した。一九四六年に死亡した彼は、第二次世界大戦末期のドイツの状況を十分には知らなかっただろうし、戦後の議論も当然知らない。始めに述べたように、後世の知識で単純に過去を断罪することは、現在の「正しさ」を無意識的に受け入れてしまうことになりかねない。とは言え、逆に過去においてはそれが正しいとされていたのだと受け入れてしまうのも危険である。

『モダン・ユートピア』を論じるのは、その優生学的制度を悪として批判するだけでなく、彼がどこで、何故、その方向に進んでしまったのかを見極めることである。ユートピアやアンチ・ユートピアやＳＦに描かれた未来社会や異世界を、実は作者の世界を比喩的に描き出しているものでもあるとする読み方は今日よく論じられるものではあるが、それは当然今のこの自分たちの考え方、世界観が同じように今の時代的・文化的環境にとらわれていることを意識することでもあらねばならない。その時、この今が唯一の基準などではなく、様々な可能性を体現するパラレル・ワールドの一つにすぎないことがわかるだろう。

第四章　「盲人の国」における視力と知性　――ユートピアの二面性――

一

　一九〇四年に書かれた中編小説「盲人の国」は、「盲人だけが住む国に入り込んだ目の見える人間」の物語である。この章では、この作品を、「視力＝知性」という隠喩を通して「愚かな人間の集団における知的に進んだ人間」の問題を扱う寓話的作品と捉え、ウェルズのユートピア論と関係づけて読んでみたい。

　ファンタジーやＳＦ、またユートピア作品では、われわれが住む「現実世界」ではありえないような事態を物語の前提条件として設定し、そこから物語を展開してく手法がある。「盲人の国」では、何らかの事情で目の見えない人たちだけで暮らすしか無いような状況が生じたら、その社会はどんなものとなるだろうかという前提ないし仮説が出発点となる。そして、その社会が現実に存在するとしたうえで、そこに入り込んでしまった〈目の見える人間〉がどう行動するかとか、どう受け止められるかという物語が展開される。

　多くのことわざは、そのまま字義的に解釈されることはなく、ある事態に関する寓意的説明として解釈される。例えば、“A rolling stone gathers no moss.”は、石と苔の関係を説明する文として読まれるわけではなく、個人を石に譬えて、人間の生活についてのある考えを述べているものとして受け止められている。このようなことわざの寓話的、隠喩的な解釈は、ＳＦやファンタジーでの非現実的状況を現実社会への比喩、諷刺と考えていく読み方とも共通している。
「盲人の国」の基盤となることわざは、"In the country of the blind, one-eyed man is the king."「盲人の国では、片目の人間が王様」である。この解釈は例えば次のようなものであろう。

周囲の人間より優れた能力を持つ人間は、たとえその能力が真に傑出したものでない場合でも、他の者よりも有利な立場に立っている。（リドアウト&ウィッティン、九五）

本章での読み方に沿ってもう少し限定して述べれば、「知的に優位に立っている人間は、たとえ真に知的に優れてはいなくても、劣った者を支配できる。」ということになるであろう。視力を、知性、理解力、先見性などを表す比喩の言葉とすることはよくあり、"blind"も"not noticing or realizing [something]."（*Oxford Advanced Learner. s Dictionary*）、"to completely fail to notice or realize something"（*Longman Dictionary of Contemporary English*）のような意味を持つとされる。「目の見える人間」を「知的に優れた人間」に、「目の見えない人間」を「知的に劣った人間」に読み替えることは、今日では差別的な考え方であり、なされるべきではないが、かつては寓意として成立していた。本章では、ウエルズがこの作品を書いたのは一九〇四年であるということを考慮に入れて作品を読み進めることとする。なお、「片目の人間」の持つ皮肉な含みについては後でより詳しく取り上げる。

「盲人の国」に対する寓話的な解釈は、元のことわざの隠喩的な解釈を踏まえて進められよう。そこで描かれる「盲人の国に迷い込んだ目の見える人間の敗北」は、「愚かな人間の集団における知的に進んだ人間の敗北」の物語として解釈されるだろう。これは、ウェルズにおいては、ユートピアに関する議論と密接に関係している。

ユートピアの構築を目指す人間は、住民の理性を重視する。現実社会での不幸の多くは人間の愚かさに原因があり、理性的に対処していくことで解決できるはずだと考える。そこで、ユートピアを扱う作品では、知的に劣った人々をいかに啓発し、指導していくか、またそれが可能なのかが考察される。

二

まず、物語の展開を、「視力＝知性」とする観点から読んでいく。

アンデス山脈の奥深くに、楽園のような谷間がある。「その谷には（……）人間が心から望むものがすべてあった。」（三二二）ある時、谷は火山の噴火により外界から完全に切り離されてしまった。住民は盲目になる病気に侵されて、全員目が見えなくなってしまったが、盲人なりに谷間の世界に適応して生活を続け、一四世代が過ぎた。この村に、登山隊のガイドとして雇われていたヌネスという男が、遭難して迷い込んでくる。

彼は（……）海岸地方まで言ったことがあり、世の中を見てきた男だった。自己流ながらも本を読み、明敏で進取の気性に富んだ男だった。（三二五）

ヌネスは村の住人が全員盲人なのに気付き、「盲人の国では片目の人間が王様」ということわざを思い出す。（三二九）彼は、目が見えるというだけで、自分の方が優れていると思い込み、この村の王になろうと決心する。

物語の前半では、彼の野心の挫折が描かれる。目の見える人間の失敗を通して、「知性の優位性」という思い込みに対する皮肉な批判がなされる。

ヌネスと盲人の関係は、『透明人間』での透明人間グリフィンと（彼を見ることのできない）普通の人間の関係や、『宇宙戦争』での火星人と地球人類の関係と重ね合わせることができる。後者では、火星人は地球人より進んだ科学力を持つとともに、作品冒頭で彼らはそれと知られずに人類をじっと観察してきたと述べられている。同様の火星からの観察は、彗星の通過で地球が大災害を経験する「星」にも描かれている。ウェルズの見ることへの関心を示す作品としては、他にも、突然の視力の異常により八〇〇〇マイルも離れたところが見えるようになる「デイヴィドソンの目の驚くべき出来事」や、火星の景色を覗き見ることのできる謎の道具を描く「水晶の卵」などがある。

ヌネスが村に入って最初に出会った村人ペドロは、ヌネスも目が見えないだろうと考え、手を引いてやろうとする。ヌネスは「目が見えるから」（三三〇）と断り、もう一人の村人の方に振り向くが、その途端に、ペドロの運んでいた桶に躓いてしまう。それに対して、

三人目の村人が言う。「この男の五感はまだ未発達だ。すぐ躓くし、意味のない言葉を話す。手を引いてやれよ。」（三三〇）

彼は長老の家に連れて行かれる。村の家には窓が無く、真っ暗なので、ヌネスは家に入ったところでまた躓いて転んでしまう。

村人は、彼が生まれたばかりでうまく歩けないうえに、「見る」などという訳の分からない事を言うおかしな人間だと考える。一四世代にわたる目が見えない状態での生活から作り上げられた彼らの世界観や宗教を話してきかせて、これから一生懸命に学習するようにとヌネスを励ます。（三三三）

ヌネスは、自分より劣っているはずだと考えていた村人からかえって子供扱いされたことで、王になろうという野心を一層募らせる。「あいつらは、天から遣わされた王にして支配者たる人間を侮辱しているということが全く分かっていないのだ。道理を分からせてやらないといけない。」（三三三）

彼は視覚の効用、つまり「目の見えるものには何ができるか」（三三三）を誇示しようとする。しかし、隠れようとしても足音で気付かれてしまうし、村を取り巻く谷や、山や空の光景を説明してやっても、村人は自分たちに伝わる盲人なりの伝説や世界観を信じ込んでいて、彼の説明を馬鹿にして信じようとはしない。

次に彼は「視覚の実用的価値」（三三六）を示そうとする。通りの向こうからペドロが来るのを見て、「もうすぐペドロが来る」と予言するのである。村人は、「あいつはこの辺には用が無いはずだ」と言って、この予言を信じない。実際、ペドロは角を曲って別方向に行ってしまい、ヌネスの予言は外れ、彼はまた馬鹿にされる。

「視力＝知性」は先見性、予測力、計画性などと結び付けられているのだが、この挿話でのヌネスの失敗は、現実を踏まえない知性は実際の生活にうまく適応できないのだと暗示している。

失敗を重ねたヌネスは、目の見える人間の最大の利点と思われるものを行使しようとする。暴力で優位に立とうとするのだ。しかし、彼には盲人を殴ることができず、逆に村人に追い詰められてしまう。彼は村の外で二昼夜過ごしたあげくに降伏する。


村人たちは彼に、まだ「見える」などと思っているのかと尋ねた。

「いや、あれは馬鹿なことだった。あの言葉は無意味だ――無意味以下だ」

（……）彼らはヌネスの反抗も、彼の全体的な愚かさと劣等性を示す証にすぎないと判断したのだ。（三三九－三四〇）


こうしたヌネスの失敗と敗北には、幾分パターン化された喜劇的側面を見ることができる。知識と実生活が分離している人や、知恵があると思い込んで行動しかえって失敗する人の物語、「賢者」の失敗の後で素朴な人々の実生活から生まれた知恵が解決をもたらす物語などが思い出されよう。

この点では、ヌネスの「視力＝知性」は必ずしも単純に優れたもの、良いものとされているわけではない。彼は実は「片目の人間」なのである。「盲人の国では、片目の人間が王様」ということわざには、「全く目が見えない」「片目だけ見える」の他に、明示されてはいないが「両目が見える」という三つの段階が想定されている。文字通りの視力の点では、「片目が見える」と「両目が見える」にはあまり違いはないかもしれないが、比喩的にはそれぞれが「愚か」「少しだけ賢い」「賢い」という知性の三つの段階に対応している。そして、ヌネスのように多少「目が見える」というだけで、自分を他の人より優れた人間であり、支配者になるべき存在だと信じ込んでしまう人間は、真に知的な段階にはなく、かえって現実を正しく受け入れて（正しく「見て」とって）対処することができないのである。

このようにして、「盲人の国」は、元のことわざを小説化する際に、まず、「片目の人間」という言葉の持つ皮肉に焦点を当て、知性の優位という思い込みを逆転してみせる。

三

しかし、物語の展開に合わせて、「視力＝知性」に対する見方は、皮肉で否定的なものから肯定的なものへと変わっていく。視力は、世界をより良く、正確に認識する力、世界の真相を知る力であり、美を理解する力として捉えられていく。

視力への肯定的な言及は物語の始めから存在する。ヌネスは「世の中を見てきた男」（三二五）である。

彼は全ての美しいものに対する鑑賞力（an eye for all beautiful things ＝見るための目)を持っていた。谷を取り巻く雪原や氷河の上に輝く夕日はこれまでに見たこともないほど美しいものに思われた。(……)彼は視力を与えられていることを心の底から神に感謝した。（三三三）

村人に降伏して、村の一員になった後で、ヌネスはある男とけんかをする。殴りかかってきた男に殴り返して勝つ。「その時、薄明かりの中でさえ物が見えるということの優位性というものが初めて分かった」（三四二）これは物語の展開に合わせて視力への評価が変わってきたことを示している。

村人は、奇妙な言動をしているヌネスを異常な人間だと考え、病気を治して「正常」な人間にしてやろうと計画する。脳を圧迫している「目」とかいう邪魔物を手術で取り除こうとするのだ。（三四三）

当然のことながら、この決定以後、視力の重要性は一層はっきりしてくる。恋人のメディナ・サロテから手術を受けるよう説得された時のヌネスの返事“My world is sight.”（三四三）は、目に見えるもの・目で見ることのできるものこそが世界そのものであることを示している。たくさんの美しいものがあるのだと言って、彼はさらに続ける。

「そして、何より、君がいる。君一人を見るためだけでも、目が見えるというのは素晴らしいことだ。（……）僕のこの両目があったから僕は君の虜になった。この目が僕と君を結びつけている。その眼をあの愚かな連中は狙っているんだ。目が無くなれば（……）二度と君を見ることはできない。あの石屋根の下の暗闇の中に行かなくてはならない。君たちの想像力が小さくうずくまっているあの恐ろしい岩の屋根の下に行かなくてはならないんだ。……　いやだ！　僕をそんな目にあわせたりはしないね」（三四三）

しかし、サロテにとってさえ、ヌネスの語る彼が見ている世界は美しい「想像力」でしかない。

「いつかは――そんな風に話さなくなってほしいの」［とサロテは言った。］
「どんなふうに？」
「きれいでしょうね――それはあなたの想像力よ。私はそれが好きだけど、でも、今は――」（三四四）

彼は最後には手術を受けることに同意するのだが、完全にはあきらめきれない。手術の当日、朝日の美しさに感動し、村から逃げ出す決心をする。

歩きながら見上げると、夜明けが、黄金の鎧を身につけた天使のような夜明けが、斜面を滑り降りてきた。……　この荘厳な光景を前にして、彼には、自分もこの谷間の盲目

の世界も自分の愛も、結局は罪業の地獄 **a pit of sin** にすぎないように思われた。（三四五）

彼はじっと前方を見詰めたまま山を登って行く。以前に住んでいた町、海、空、星空が思い出される。ハンティントンの言うように、ここで、視力は人間を解放する想像力につながっていく。先にあげたサロテの言う「想像力」は現実逃避的な想像力だが、ここでのヌネスの想像力は違う。ハンティントンはこう説明する。

ウェルズの比喩的表現は、目の見える人間の想像力と盲人の想像力との「規模」の違いを明確にする。（……）高所を見る能力は（……）想像する力を表す記号となっている。（……）この一節における広がりが示しているのは、目が見えることで、どのようにしてヌネスが目に見える以上のものを想像することができるか、そして、そうすることで、どのようにして盲人の想像力を限定している閉鎖的経験主義を超越することができるかということである。（『ファンタジーの論理』、一二八）

四

前節で述べた「視力＝知性」に対する肯定的な見方は、盲人である村人を否定的に描いていくことによっていっそう強調される。村のイメージが肯定的なものから否定的なものになっていくにつれて、「視力＝知性」の意義が高められていく。

この変化を辿って行くと、第二節の始めに挙げたように、村はまず「楽園」のイメージを与えられている。村人は、谷という閉じた世界の中で、視覚に頼らない世界像を作り上げ、それなりに安定した生活を送っていた。

［村人は］質素で勤勉な生活を送っていた。普通に理解される限りでの美徳や幸福の全ての要素が揃っていた。（……）整然と秩序付けられた世界での、彼らの暮らしにみられる自信と正確さは驚くべきものであった。全てが彼らの必要に合わせて作られていた。（三三四）

それ故に、ヌネスが村の生活習慣を無視して、自分のやり方を押し付けようとすれば、村の生活に適応できないのは当然だったのだ。

村人の祖先は「スペイン人支配者の貪欲と暴政から逃れた混血のペルー人」（三二二）であり、彼らの逃げ込んだこの谷は、桃花源的世界の伝統に属する山奥の楽園である。村人の側から見れば、ヌネスは秩序を破壊する侵入者となる。

王になろうというヌネスの夢は利己的な夢想であり、盲人の享受する幸福を無視するとともに、彼らの達成した適応を尊大に見下したものである。彼は、ヨーロッパの帝国主義の伝統の中にいて、自分が価値を認めない文化を搾取しようとしており、ウェルズは彼を失敗させることで幾分楽しんでいるのである。（ハンティントン、一二六）

しかし、やがて「楽園」の別の面が現れてくる。村は、現状での安定を第一に考える、静的で閉鎖的な社会であり、ユニークな個人を認めない全体主義的な世界であることが分かってくる。村人は旧来からの生活に固執している。新しいもの、自分たちの常識の範囲を超えたものを理解したり、受け入れたりしようとしない。

この傾向は村人とヌネスの最初の会話から現れている。谷の外から来たというヌネスの説明を聞こうともせず、「人間は自然の力によって作られる」（三三〇）という村の言い伝えに従って彼の存在を説明しようとする。

彼らの信じる「真理」とは、目の見えない人間が日常生活を送るのに有用な知識のことである。目が見えていた時代の信仰や知識は「根拠のない空想として捨て去り、新しい、もっとまともな説明に置き換えていた。」（三三二）この実用的な経験主義は、ハンティントンの言うように、ある意味では「科学的」なものであり、それ故にかえって「彼らは確固とした見方、不動のパラダイムを信じ、いかなる例外をも認めない。」（一二七）

第二節でみたように、物語の前半では、こうした村人の生活は、現実に即した実際的知識に基づくものと読むことができる。しかし、「ペドロが来る」と予言して失敗する挿話にも、村人への批判を読み取ることもできよう。たった一度の失敗からヌネスを嘲笑う村人は、彼らの「真理」に囚われて、新しい方法に基づく変革を受け入れることのできない愚かな人々、「目の見えない」人々でもある。

外界から隔絶した谷間の世界も、窓がなく真っ暗な家も、「［村人の］想像力が小さくうずくまっているあの恐ろしい岩の屋根」（三四三）も、全てがこの共同体の閉鎖性を示す隠喩である。（窓のない家は、暗闇に閉じ込められた精神の隠喩であるが、盲人が住む家に窓は不要で、室内が真っ暗でも困らないというのは作品の前提から導かれた作品世界内の具体的な出来事である。このような、ある非現実的前提からのいわば論理的展開によ る細部が、同時に現実社会に対する隠喩にもなっていることが、この作品を単なる寓話を越えたSFにしている。）

そして、特に重要なのは、村人は自分たちが盲目であることを知らないという点である。彼らにはヌネスの言葉が分からない。「『盲人』て何だ？」と気に留める風もなく聞き返す。（三三四）自分たちの状態を正常だと思い込んでいるので、ヌネスの目が見えるということを異常なことと考え、目を取り除いて「正常」な人間にしてやろうとする。「そうすれば、彼は完全にまともで立派な市民になるだろう。」（三四三）この手術の挿話は、因習的でありながら、自分ではそれに気付いていない愚かな人々への痛烈な批判となる。

これをユートピア思想という、より大きな文脈の中で考えてみよう。

ヌネスの敗北は、理性的な、より良い世界をもたらそうとする人間に対する非理性的な人々からの拒絶と読むことができる。この場合「村人：ヌネス＝因習的一般人：ユートピア主義者」という比喩的関係が成立する。

「盲人の国」は、コスタも言うように、プラトンが『国家』で提示した「洞窟の比喩」と結びついている。（六〇）この比喩によれば、人間は洞窟の中で奥を向いて固定され、外からの光で奥の壁に映った影を現実の世界だと信じ込んでいる。外に出て太陽を見て戻ってきた者は、再び洞窟に入って、目が慣れないために失敗することもあるかもしれない。

［そうすると］人々は彼について、あの男は上へ登って行ったために、目をすっかりだめにして帰ってきたのだと言い、上へ登って行くなどということは、試みるだけの値打さえもない、というのではなかろうか。こうして彼らは、囚人を解放して上の方へ連れて行こうと企てる者に対して、もしこれを何とかして手の内にとらえて殺すことができるならば、殺してしまうのではないだろうか。（『国家』下巻、一〇〇）

「盲人の国」で、ヌネスの眼球摘出手術がこれと対応しているのは明白である。eye=Iを無くすことで共同体の完璧な部品となるのである。（ジャクソン、四五）

しかし、本節始めで見たように、村を楽園として捉えた場合には、「村人：ヌネス＝ユートピアの住人：外部からの来訪者（侵入者）」という逆の比喩的関係を読み取ることも可能となる。

ユートピア思想においては、共同体の安定と個人の自由との対立関係をどのように調節するかは常に大きな問題となる。共同体の中で多数者が自分たちと違う考えを持つ者の存在を認めるかどうかは、様々なユートピアを評価する際の基準ともなる。単一の思考・思想しか許容できないユートピアはそのままアンチ・ユートピアとなるということができる。全体主義的な管理国家が、異質性や個人の自由を否定し、想像力を抑圧する。（ベルネリの「権威主義的ユートピア」に関する議論などを参照されたい。）

共同体が円滑に機能するには構成員の均質性や画一性が要求される。アンチ・ユートピア作品では個性やそれを生み出す想像力、また状況を把握し批判する知性などを除去するという形で描かれることが多い。ザミャーチンの『われら』での、想像力という病気を取り除く「手術」や、オーウェルの『一九八四年』での洗脳、バージェスの『時計じかけのオレンジ』での「ルドヴィコ療法」などは、「盲人の国」の眼球摘出と直接につながる例といえよう。ヌネスの手術について村人のヤコブが「ありがたい、科学のおかげだ！」と述べる強烈な皮肉は『われら』にも見て取れる。

ユートピアを構築しようとする時、個人の自由と共同体の統一性を両立させるものは、各構成員の理性であり、またそのために構成員の教育が重要となる。村では住人は全員が盲人であり、視力があるとはどんなことなのか分からない。彼らは盲人としての生活をするのに必要で有用な教育を受け、全員がそれを正しいものと信じ込んでいる。ヌネスのような違う感覚を持つ者の存在を知らず、別の考え方、別の生活のありようを求める人間を許容できない。この村はある意味ではユートピアであり、また同時にアンチ・ユートピアでもある。

逃亡したヌネスは結局雪山の中で死ぬ。目の見える人間が盲人の国の王になることはできなかった。作品の前半にあった「片目の人間」への批判、知的に優れていると思い込んだ人間が劣ったものを支配しようとすることへの批判は、後半では消えている。物語の結末からは、「目の見えない人間」への批判と、〈盲人の国〉に対する強い悲観論が読み取れる。

五

「盲人の国」におけるヌネスの敗北は、彼と村人のそれぞれを肯定的にみるか、否定的にみるかで、何通りかに読むことができる。

まず、日常生活の中で、現実から遊離した知識の無意味さを描いていると読むことができる。目が見えない人間が優位に立つという状況は、「目が見えない…目が見える＝愚か…知的」というよく見られる比喩的な関係をくつがえしている。

「それほどでもないのに知的に優れていると思い込んだ人間」つまり「片目の人間」への批判は、安定した楽園に侵入し、その平和を乱す者への批判と読むことができる。これは、能力的に優れた者が劣った者を支配しようとすることへの批判であり、優れた能力を持つ者の倫理観を問うている。王になろうとしたヌネスが盲人を殴ることができなかったという点は、その後のヌネス肯定につながっていく。『透明人間』では、透明になった主人公が、見えない暗殺者による恐怖政治を夢想する。ヌネスが、盲人相手なら一人で村を支配できると考えるのはこれと対応している。また、科学的に進んでいて武力に勝るものが劣った者を支配してもよいという考え方は、帝国主義や社会ダーウィニズムにつながるものであり、第一章でも見たように、ウェルズはこうした考え方を強く批判している。

「盲人の国」の前半で、読者は、ヌネス側に立ちながらも彼を多少批判的に見ているが、後半に入るとほとんどヌネスに感情移入するようになる。村への評価が肯定的なものから否定的なものに変わると、村の描かれ方は個人の自由を抑圧する閉鎖的共同体に近くなる。村への批判は、共同体維持が第一目的となってしまった（アンチ・）ユートピアへの批判であり、現実世界に住む因習的な人々への批判でもある。ここで、〈盲人の国〉は、現実社会、狭く言えば当時のイギリスを比喩的に表すものとなる。読者は、一方でヌネスに感情移入し、自分は「目が見える」と思いながらも、同時に、実は自分も「目が見えず、それに気づかないでいた」人間ではないかと考えることとなる。

（批判の対象としていた「異質な存在」が実は自分の中にある、あるいは自分もその一員であると気づかせる手法は、ウェルズがよく用いるものであり、『タイム・マシーン』のエロイやモーロック、『宇宙戦争』の火星人、『モロー博士の島』の獣人などにそうした面が見て取れる。）

村人たちは、個人としては善人であり、ヌネスを導いたり、助けたりしようとする。手術でさえ善意である。しかし、彼らは自分たちの「盲目性」を知らず、集団としては、因習に固執し、「他者」を排除しようとする。こうした人々のどうしようもない精神的「惰性 inertia」はウェルズが初期の作品から一貫して描いている問題点である。（コスタ、六〇、スーヴィン、二〇〇八）

六

ユートピア願望は、個人と共同体との葛藤の解決を求めるところ始まる。先に述べたように、「盲人の国」では村は一面ではユートピア的なものとして描かれている。住人は、環境に適応し、その社会の規範を受け入れ、それに従い、うまく折り合って暮らしている。だが、同時にそこは、皆とは異なる感じ方や考えを持つ者を異端視し、無理やりに規範に同調させるか、さもなければ排除しようとするアンチ・ユートピア的な世界でもある。村に同調できないヌネスは逃げ出して、雪山で凍死する。この問題に対する答えは作品中では述べられていない。

ウェルズのユートピア像の一端は、翌一九〇五年に発表された『モダン・ユートピア』に描かれている。しかし、第二章で論じたように、この作品は、理想社会を提示するだけの単純なユートピア作品ではない。むしろ、ユートピア論批判を内に含んだユートピアである。理性による楽園の完成を信じる「ユートピア主義者のウェルズ」と、現実の人間性をそのままに見つめる（悲観主義的な）「小説家のウェルズ」との二つの視点が、互いに相手を批評し合うように機能している。コスタは、ともに一九〇五年に出版された『モダン・ユートピア』と『キップス』を、ウェルズの二面性（the mystic visionary と the humanist storyteller）を表す作品と考え、その両面が「盲人の国」に含まれていると述べている。（五九―六〇）

「盲人の国」では「ユートピア主義者」の面よりも、「小説家」の視点からの批評に力点が置かれているが、個人と共同体の問題を多面的に考察するユートピア論的な要素の強い作品であり、『モダン・ユートピア』で論じられる諸問題を別の形で取り上げている。

はじめに述べたように、この作品はことわざを土台としている。元のことわざの「隠喩的な意味」は、単純で一義的に見えるが、「片目の人間」の部分のように実は複雑な面を持ち、この作品においては、そこに関心が向けられている。「寓話」を作品の外部と一義的に対応するように書かれたものとするなら、「盲人の国」は「寓話」を越えて「小説」になっているのだともいえよう。

これにはウェルズの小説作法が関係している。彼は、一九三四年に出版された作品集の序文で、自分の作品はアプレイウスやルキアノス以来の伝統に属するファンタジーなのだと書いている。

幻想的物語の作者は、読者が適切に読むのを助けるために、出しゃばりにならない限りであらゆる可能な方法を用いて、読者が不可能な仮説 the impossible hypothsis を**飼いならし取りこめる** *domesticate* ようになるのを助けてやらなければならない。（……）魔法の仕掛けを付け終えた時から、幻想小説作家はそれ以外のすべてを人間的で現実的 human and real なままにしておかなければならない。散文的な細部の書き込みと、始めの仮説に厳密に従っていくことが何より必要である。（……）仮説を設定した瞬間から、全ての関心は、今手に入れた新しい視点から、人間的感情や人間的方法を見詰めていく関心となる。（『ウェルズの有名七小説』序文。強調は原文イタリック体）

例えば、健全な市民にするために眼球を取り除く手術をするという挿話が、感覚に直接訴える迫力を持つのは、「盲人の国」が比喩としてではなく、ある仮説（前提）を出発点にして、その世界の論理に沿った自然な展開として物語が進んで行くからである。これを可能にしたのは、与えられた前提から派生する出来事を生き生きと(「目に見えるように」？)描き出し、作品内の世界を「人間的で現実的」なものとして捉えていく小説家ウェルズの技量である。

第五章　変えることができる——のか？
——『ポリー氏の物語』における選択——

一

この章では、ウェルズの写実的小説である『ポリー氏の物語』（一九一〇）を取り上げ、ユートピア論的な観点からどのような読み方が可能かを考える。
物語は主人公ポリー氏の呻くような独白で始まる。

「穴だ！」ポリー氏は言った。（……）「ああ！　とんでもない……　馬鹿馬鹿しい、ぜいぜい音をたてる穴だ！」

彼は草も生えていなそうな二つの牧草地の間にある踏越し段に腰をおろし、強い消化不良に苦しんでいた。（七）

冒頭で三つの要素が述べられている。消化不良、踏越し段、そして穴である。踏み越し段 stile とは「牧場などの柵や塀などに、人は乗り越えられるが家畜は通さないために設けた階段」（『新英和大辞典』研究社）である。『ポリー氏の物語』はこの三つの要素をめぐって展開する。

消化不良は、ここでは、彼の身体的なものであり、その原因の一つには妻ミリアムの料理がある。「彼女は、食物は料理しなければならないから料理するのであり、質や結果に関しては健全な道徳家の持つ全くの無関心さを持って料理していた。」（一一七）

しかし、実際には、彼は結婚以前から消化不良に苦しんでおり、それは彼の精神状態と深く結びついている。「精神と肉体の消化不良 the indigestion of mind and body」（一四）は彼が国民学校 National School にいた頃から始まっている。「彼の肝臓と胃液、彼の驚きと想像力は、魂と身体を一緒に圧倒しようとする恐れのある事物との戦いを続けていた。」（一四）

この消化不良は彼のストレスを表している。「彼は［自分の住む町である］フィッシュボーンを憎み、フィッシュボーン大通りを憎み、自分の店と妻と近所の人々を憎み、（……）表現できないほどの厳しさで自分自身を憎んでいた。」（八―九）

彼は「社会的不適応者 social misfit」（四五）であると述べられている。作中の知識人は彼のような人間をこう表現する。

社会の複雑性と釣り合っただけの集合的知性と秩序への集合的な意志を発展させるのに失敗した社会にあふれているような、うまく適応できなかった ill-adjusted 集団の一人。（四五）

彼は自分の職業や境遇を受け入れて安住することができない。最後の決断を下すことを避けようとする。いつも中間の状態にいようとする。冒頭の場面で「踏み越し段」に腰を降ろしている姿にそれが暗示されている。
　都合が悪くなると、存在しない子犬を追う振りをして、「仔犬がいるLill dog」（三七）と言ってその場から逃げようとする。
　結果として、彼は周囲の状況に押し流されて行くことになる。「穴」に落ちてしまうのだ。それが端的に表れるのはいとこのミリアムとの結婚である。そもそも結婚をしようとするのが、その前にたまたま知り合った「塀の上の少女」に対する「ロマンス」が打ち砕かれたからで、ミリアムと結婚したいという気持ちが第一にあったからではない。
　ポリー氏には、人間的なふれあいだけが、彼の屈辱の苦痛を軽減できるように思われた。その上に、何かはっきりしない理由のせいで、それは女性的なふれあいでなければならなかったし、彼の世界のおける女性の数は限られていたのだ。（八六）
　彼はほとんど成り行きでミリアムに求婚してしまう。「彼は気が付くと飛び込んでしまっていた。」（九三）
「つまり、あなたは私を愛しているというのね、エルフリッド?」とミリアムは言った。
「そうです!」以外に男がこのような質問に答えうる言葉があろうか?（九三）
　彼は奇妙な感情を抱いた。結婚して妻を持つことは実に満足すべきことだ――ただ、な

ぜか、それがミリアムでなければよかったのにと思った。（九三）

結婚が近づいても自分が決めたことだという確信が持てない。

彼は自らの強い自発性に基づいて行動しているのだと確信しようとしたのだが、心の奥では、自分が動かし始めた巨大な社会的力を押しとどめることはできないということを完全に認識していた。（九九）

式の直前でも、「最後の土壇場での脱出 flight at this eleventh hour」（一〇一）を思ったりする。「識閾のすぐ下に漂っていたとある『子犬』のかすかな亡霊が黒い不可能性の中へ消えていった。」（一〇二）

結婚直後から二人の仲はうまく行かない。ミリアムは新居が気にくわないし、ポリー氏の話を聞こうともしない。彼女は夫を怠け者だと思い込むし、夫は妻の家事能力に不満を持っている。二人は朝食の度に不機嫌になる。

この物語の前半は、個人としてのポリー氏のレベルにおいては、妻ミリアムとの生活への不満を描き出しているとも言える。

結婚後、夫婦の仲はうまくいかず、商売も悪化していき、彼は店に放火して、ついでに自殺しようとする。妻子には保険金が残せると考える。ところが、隣家の老人を助けたりしているうちに死に損なってしまう。その後、結局彼は出奔し、世間からは死んだと思われる。実際には、放浪の後、宿屋の女主人を暴漢から救って一緒になる。

この作品は、ケンプの言うように、痩せて料理が下手な女性から逃げ出し、太っていて料理が上手な女性との暮らしに幸せを見出す男の話だ。（五二）「ふっくらした女性」**plump woman** が営む宿屋の名前「ポットウェル亭」**Potwell Inn** の **pot**（深鍋）も料理と結び付いている。宿の名が最後に「オムレツ」**"Omlets"** と変わる点については後述する。ポリー氏は七歳のときに母親を無くしている。「太った女性」には母親のイメージを読み取ることもできよう。

彼が幸福を感じるのは、決断を迫られずに中間状態にいられる時だ。例えば、旅行者として田舎に行く時。「それを愛することを学んだ人間にとって、イギリスの田舎ほど素晴らしい田舎はない。」（二二）「休日こそが彼の人生であり、それ以外の日々は混ぜ物をした偽の生活にすぎなかった。」（六六）

父の死後、しばらくの間、仕事をしないで自転車に乗ってあちこち走り回っていた時には、解放感で消化不良が消える。（第五章）

（自転車は一九世紀末に大流行し、ウェルズ自身も妻とサイクリングを楽しんだりしていた。（『自伝の試み』、四五八）初期の作品『偶然の車輪』（一八九六）は、休日を取って自転車旅行に出かけた呉服店の店員フープドライヴァーのはかないロマンスである。この物語にも日常からの脱出や、上流階級の女性との出会いと別れが描かれている。マッケンジー夫妻、一一二一一一三、ハモンド、一二一一一二二など参照。この作品については宋、第四章に詳しい。）

ポリー氏の読書癖も現実逃避という点からはこの中間状態の一環と見ることができる。中間のイメージは境目である「塀の上」にいる少女にも表れている。彼は「本の中で起こる」（七七）ような出来事に魅了され、少女に一目惚れする。「魔法にかけられた城に閉じ込められた乙女」（八〇）を救い出す騎士になろうとする。しかし、彼の夢想はその少女自身（と友人）によって破壊される。塀の向こう側もこちら側と同じ現実である。塀の向こう側にいる時は彼女たちも現実の人間に過ぎない。「ロマンス」は中間の塀の上にしかない。

（少女は彼の姓を聞いて「女の子の名前よ！ It's a girl's name!」（八一）と言う。Alfred Polly という名前も中間的性格を示唆している。）

物語後半、出奔してから「ポットウェル亭」に辿りつくまで、彼は「放浪者 tramp」となって、田舎を旅する。この間の生活の様子は、先に述べた旅行の例同様に幸福なものとして描かれている。「長い年月の中で初めて彼は健康な人間的生活を送っていた。」（一六一）「一五年間の中断の後に彼はこの面白い世界を再発見した。」（一六一）

彼は最後に宿屋で渡し守 ferry man をしながら暮らすようになる。これは彼の性格を象徴的に示している。中間でいることが職業となる生活。ポリー氏は漸く適応できる状況を手に入れる。

二

物語の前半、自殺を決意するまでのポリー氏の人生についてもう一度考えてみよう。決断をしない中間状態の維持と周囲に対する不適応はかなり近い関係にある。彼は中間の状態で無責任に楽しみたいのだが、周囲が彼に仕事や責任を強要してくる。何とか逃げようとするのだが、結局はずるずると押し流されて、そのストレスで消化不良に苦しめられることとなる。

作品冒頭で、彼は、結婚して一五年たった後でも、「一体どうして自分はこんな馬鹿げた〈穴〉silly Hole」に落ちてしまったのだろうか？」（七）と嘆くのだが、その理由を見付け出すことはできない。

独身時代、自分に向いていないと思われる仕事を嫌々している頃、こんな気分になる。

若いウサギが、（……）日当たりの良い森で跳ねまわる青年時代を過ごした後で自分が網に入ってしまったことに気づいた時には、これととてもよく似た感情を持つに違いない。（四四）

この時も彼には一体何が悪いのか分からない。自分が怠け者だからというだけとも思えない。こんな仕事につけた父親を責めたい気はあるが、では何をしたいのかは分からない。学校教育の何かが間違っていたようにも思うのだが、どのあたりからかははっきりしない。

ただ、何もかも自分のせいだというのには納得できない。「彼は心の奥底では自分のせいではないのだと感じていた。He felt at bottom that he wasn't at fault」（四五）

語り手「私」はその原因の一つとして当時のイギリスにおける教育の不備を挙げる。ポリー氏は六歳で国民学校に入学し、一四歳で私立学校 private school を卒業するが、望ましい教育を受けたとは言い難い。卒業時には「彼の精神は全くの混乱状態 a thorough mess にあった。」（一三）

ポリー氏は、計算と科学と諸言語と物事を学習する可能性に関する限りでは、生れつき持っていた自信の大半を失ってしまっていた。（一三）

難しい単語の綴りや発音は自己流になってしまうし、六三になるのは七×八なのか八×九なのかも良く分からない。語り手はポリー氏の学校生活を、「教育の影の谷 the valley of the shadow of education」（一四）と呼ぶ。

始めに引用したように、作中の知識人は、ポリー氏のような人間を、集団としての知性や意志を育成するのに失敗した社会が産み出した不適応者とみなしている。（四五）別の所で、語り手は小商店主ポリー氏の苦境を説明するために、再び彼の文章を引用する。（一二二）ここでは、ポリー氏のような「役立たずで、不快で、教育程度が低く、訓練不足で、全く哀れむべき人々」（一二二）は「下層中流階級」the Lower Middle Class と呼ばれている。

語り手は、自分が一般論と特定の具体例との間の「橋の無い深淵」の上にいると述べる。

一方では、何百万人の人生を運命づけて、挫折した不快で不幸な状況に落とす巨大な過程を明瞭に見てとれるような優れた理解力を持つ人間がおり、（……）他方では、ポリー氏のように訓練不足で、警告を受けたことが無く、混乱し、困窮し、怒っていて、いわば灰色と不快の網に捕らわれているということ以外は何も見て取ることのできない人間がいて、人生は彼の周囲を踊りまわっているのだ。（一一三）

それ故、この作品は、ポリー氏を通して「下層中流階級」の問題を描いており、ポリー氏はその代表なのだということもできる。この場合、ポリー氏の不幸の原因をミリアムや隣人に押し付けるわけにはいかない。彼等も「下層中流階級」に属しており、その限界や問題点は個人のものではなく階級のものであり、更には社会全体のものだから。（四）

例えば、スティーヴンは「『ポリー氏の物語』の基本的信念の一つは、ポリーの階級は彼らの生活を変えたり、影響を与えたりする力を持たないということである」（二七）と述べる。マコネルもこう論じている。

［ウェルズに］取りついているかのようなテーマは、テクノロジーの蓄積されていく重圧と変えようのない進化の歴史の（……）圧力を通して生活を脅かしてくる世界の中で

中流階級の人間が生き延びる可能性というテーマである。（……）「いかにして人類は成人になっていくか？」（三五）

急速に複雑化し、人間を圧迫しているのに将来のことを考えようとしない社会は、食事療法に注意を払わない人間と同じだという比喩（一二二）はポリー氏の問題が社会全体の問題だと言おうとしている。社会が消化不良を起こさないためにはポリー氏のような人々が生まれないようにしなければならない。

三

ポリー氏は常に孤立している。

周囲との断絶がはっきりと表れるのは父親の葬儀から戻って会食をする場面だ。集まった人達の会話は自己中心的で、相互の脈絡もなく続いていく。(スティーヴン、四五)これはポリー氏の孤独だけでなく、人々の断絶をも表している。

ミリアムと結婚してから、フィッシュボーンに向かう車内で、彼女はポリー氏にキスして欲しいと言う。キスしようと引き寄せると「私の帽子に気を付けて」と言われる。（一一四）二人の間での意志疎通の困難を暗示する出来事だ。始めに述べたように結婚後ミリアムは夫の言葉を聞こうとしなくなる。

前節でも述べたように、ポリー氏は難しい単語を発音することが不得意だ。原因は不適切な教育にある。

彼の学校教育は、英語の神秘的発音をきちんと行う力をほとんどあるいはまったく与えていなかったし、彼に少しも自信を持たせなかった。（……）彼は、無知だというよりは気まぐれなのだと思われようとして、英語において一般的に認められた語句をすべて避け、すべてを間違った発音にした。（二五）

例えば、“Bocashieu”(正しくは Boccaccio「ボッカチオ」)、“sesquippledan verboojuice”(sesquipedalian verbiage 「多音節的な言い回し」)、“loogoobuosity”(=lugubriouness「滑稽なほどに悲しげな」)、“lune-attic”(=lunatic「狂気の」)等々。

この彼独特の「さかさまな言葉遣い upside down way of talking」（二〇八）は、社会に対する彼の（意識的、無意識的な）不適応を象徴的に表現している。

つまり、彼は、社会が慣用的に規定している諸規則を受け入れることができないのだ。独自の言葉は、独自の分節化、独自の視点、独自のやり方での歪曲を暗示している。それは社会に対する批判ともなりうるし、拒絶でもある。

ポリーによる言語の歪曲は、期せずして、彼自身の条件で生きていくという決意を示している。（……）彼の言語は言語学的に定義された現実を根本から変革 revolutionize

する。（ベラミー、一〇九）

言葉を発することが伝達行為として理解（共感）されることを求めるものだとするならこれは矛盾した行動である。丁度、フィッシュボーンの町での彼が隣人と仲良くなろうとしながら喧嘩になってしまったように。

彼特有の表現は周囲の人々からはほとんど理解されない。ミリアムにもこうした表現は初めから通じない。自転車に乗ってラーキンズ家を訪れたポリー氏をミリアムが迎える場面はこう描かれる。

［ポリー氏とミリアムは］ちょっとの間向かい合って立っていたが、（……）ミリアムは予期しない出現に対して落ち着きを取り戻した。

「Exploratious Menanderings です」とポリー氏は言って、自転車を示した。

ミリアムの顔にはこの言葉がちゃんと分かったという様子は浮かばなかった。（七〇

正しくは exploratinal meandering 探検的な散歩）

徒弟時代のポリー氏にとって唯一の友人とも言えるパースンズは、店のショーウィンドウを飾るよう命じられた時に、余りに個性的に飾り過ぎて、雇い主と喧嘩になり、最後には解雇されてしまう。この事件にも社会的規範と個人特有の自己表出との対立が描かれている。

ポリー氏の結婚については第一節でも述べたが、本節での見方からすると、それは自分が適応できない世界を諦めて受け入れることだということができる。理解不能な慣習は、ただ機械的に繰り返すことで引き受けるしかない。牧師の言葉は、もはや本来の意味を失った形式的儀式として、意味をはぎ取られた音の連続として流れていく。（英語だけを示す。）

"D'bloved we gath'd gether sighto' Gard'n face this con'gation join gather Man Wom Ho Mat'mony whichis on'bl state stooted by Gard in times mans in'cency…." （一〇三）

(Dearly beloved, we are gathered together here in the sight of God, and in the face of this congregation, to join together this Man and this Woman in Holy Matrimaony; which is an honourable estate, instituted of God in the time of Man's innocency.)

ポリー氏は牧師の言葉を受け入れて繰り返す。ドレイパーの言うように、これは、形式に堕した牧師（と教会）への諷刺であると同時に、彼が創造力と無縁の「きまり切った手順の世界 a world of routine」に降伏したことを示している。（八三）

". . . Pete arf me," said the clergyman to Mr. Polly. "Take thee Mirum wed wife—"

"Take thee Mi'm wed' wife," said Mr. Polly.
"Have hold this day ford."
"Have hold this day ford."
"Betworse, richypoo'."
"Bet worse, richypoo"" （一〇三―一〇四）
(Repeat after me. I take thee Miriam to my wedded wife, to have and to hold from this day forward, for better for worse, for richer for poorer...)

彼の言葉が受け入れられるのは、ポットウェル亭で"Omlets"という看板を出した時だ。本来"omelettes"と綴るべき語をこのように書いたため、多くの客がこれを見てからかい半分で訪れる。やがて宿は料理の味の良さで有名になる。

一年ほどのうちに、宿は「オムレツ Omlets」という新しい名前で川の上流でも下流でも知られるようになり、ポリー氏はしばらくは内心多少イライラしていたが、その後で微笑んで満足した。そして、太った女性のオムレツは覚えておくべきものとなった。（二〇一）

言語使用の点から見れば、彼の言葉使いが理解され共通のものとして使用されるようになった時に、周囲との和解が成立する。ポリー氏は適応できる場所を見いだした。

四

自分を抑え込もうとする環境からの脱出はウェルズの基本的テーマの一つである。彼自身が、下層中流階級出身で、一四歳から徒弟奉公に出され、苦労してようやく奨学金を得て大学進学を果たしている。『ポリー氏の物語』は、『愛とルイシャム氏』（一九〇〇）、『キップス』（一九〇五）、『トーノ・バンゲイ』（一九〇九）とともに初期ウェルズの代表的な写実的作品である。『ポリー氏の物語』、『キップス』、『トーノ・バンゲイ』には彼が徒弟や呉服店の店員だったころの様子が反映されている。『愛とルイシャム氏』では主人公が地方で小学校教員をしながら、大学の奨学金獲得のために必死に勉強している姿が描かれている。彼らは本人の努力や、あるいは偶然によって、自分を抑え込んでいた階級から抜け出そうとする。（その結果は必ずしもうまくいったとは言えないのだが、ここでは『ポリー氏の物語』以外については触れない。）結婚生活も含めて、安定した生活が桎梏となり、それからの逃走を求めるという点をウィークスは“disentanglement”（もつれをほぐすこと。困難な状況からの解放・脱出）として論じている。「塀についた扉」や『海の貴婦人』は政務に追われる有能な政治家が日常から逃走する物語と言えよう。（ウェルズの作品とイギリスの階級制については新井参照。）

「タイム・マシーン」はまさに「今・ここ」からの解放をもたらす機械である。透明になることも社会から抜け出す方法と考えることができる。火星人による破壊は、旧来の秩序からの解放であり、復興は新しい世界の誕生につながるとされる。『トーノ・バンゲイ』

での飛行機械や船も解放や脱出を象徴している。燃える建物や破壊と黙示録的な感覚は、マコネル（一一一）やケッタラー（九四）が論じている。

五

ではポリー氏はいかにして「馬鹿馬鹿しい〈穴〉silly Hole」から抜け出して自分にあった場所を見付け出したのだろうか。

フィッシュボーンからポットウェル亭までの変化を辿り直してみよう。一五年間の小商店主としての暮らしの中でも、彼の想像力は枯れ果ててはいなかった。「実をいえば、輝く楽しい経験への、物事の優雅な側面への、美への癒えることのない飢えとして、「彼の想像力」はまだ彼の中で生きていた。」（一一五）とは言え、それは逃避的な読書の中で辛うじて命脈を保っていたにすぎない。

突然、彼は人生の無意味さに気付く。

ある日突然に気付いたのだ。（……）この期間の彼の人生は生きるに値しなかったということに、無関心で、幾分敵対的で批判的であり、細部においては醜く、範囲の点ではみすぼらしい仲間の中にあったのだということに、そしてその人生がついに彼を全く希望のない灰色の展望に辿り着かせたのだということに。（一二一）

結婚する前に、彼は美しい人々に出会う絵画か夢の記憶に取り付かれていた。「彼らは幸せなテレームからまっすぐやってきたのかもしれなかった。その地のモットーは〈汝の欲するところをなせ Do what thou wilt.〉だ。」（六八）「テレームの僧院 L'Abbaye de Thélème」とはフランソワ・ラブレーの『ガルガンチュア物語』（一五三四）中に描かれた架空の僧院で、〈汝の欲するところをなせ〉を唯一の規則として共同生活を行う理想の場所とされている。そうした、いわば「理想郷に住む々」との出会いは、通りを歩いて、角を曲がったすぐの所にあるのかもしれないし、「すべての善きポリー氏のような人たちが安全に店に閉じ込められているウィークデイ」（六八）に起こるのかもしれない。

回りくどい表現だが、はっきり言えば、ポリー氏のような人たちは、テレームの僧院の人々と出会う可能性はあるかもしれないが、結局出会うことなく終わってしまうのだ。テレームの僧院の人々とは、『モダン・ユートピア』での〈分身〉たちである。「地球では、立派な人格と精神的才能を持ちながら、幼少時や出生時に死んでしまっていたり、読むことを学ばなかったり、本来の才能に発展の機会を与えられない未開で野蛮な環境中で死んだ人々」（『モダン・ユートピア』、一七五）がその力を十分に伸ばしてくれる環境に育ったらこうなっていたであろう様な人々である。

先に述べたように、妻との暮らしにも、商店主としての暮らしにも行き詰まり、彼は自殺を決意する。自分と家の保険金が妻の手に入るようにと計画して家に火を付ける。火は隣家にも燃え移り大火事となる。彼は隣家の老婆を助け出して英雄になるのだが、気が付くと自殺することを忘れていた。

この挿話は、ポリー氏の善良な人柄を示すと同時に彼が何をしても思うように運ぶことができない型の人間だということをコミカルに表してもいる。善良さを強調しておくことは作品の構成上からも重要だ。ポリー氏は放火と保険金詐欺という罪を犯すのだから。

語り手「私」は放火を正当化しようとする。火事で焼けた家はどれもポリー氏の店同様の苦境にある小商店で、保険金が入れば却って助かるということ。（一五五）火を付けることはそれ自体では善でも悪でもないし、世の中には燃やしてしまった方が良いものもある、まともな人間ならロンドンもシカゴも燃やしてもっと美しい町を作るだろうということ。（二〇〇）ただし、語り手はポリー氏を完全に是認しているわけではなく、軽率さを批判したりもしている。

ポリー氏が実は「純真・無邪気な〈自然〉の子供」（二〇〇）であるということも強調される。この点についてはポリー氏自身こう述べている。「私はいつもカイギシュギ的**skeptaceous**で、人間に善と悪を区別できるようなふりをするのは戯言みたいに思えていました。それだけは絶対できないことでした。私にはアダムのリンゴが入ってないんですよ、奥さん。そのおかげなんてないのです」（二〇七）（「アダムのリンゴ」は喉仏を指すが、聖書でアダムが食べた禁断の木の実・知恵の木の実だといわれる。）

火事の最中にズボンを駄目にしたポリー氏は他人のものを借りる。寝ようとする時にそのズボンを見て考える。「奇妙なことだ、自分の（……）ズボンもないなんて。（……）生まれ変わったみたいだ。」（一五七）彼はこの事件を境にして生まれ変わる。

しかし、人が一度日常的状況という紙の壁突破した時に、つまり私たちのうちのとても多くの人間を揺り籠から墓場まで安全に監禁している見た目だけで実態のない壁を突破した時に、人は発見するのだ。もし、世界があなたの気に入らないなら、**それを変えることができるのだ**。(If the world does not please you, *you can change it.*)(一五九　強調は原文イタリック体)

ポリー氏は世界を変える決心をする。フィッシュボーンだけが世界ではないのだ。彼は家を捨てて出ていく。放浪者となって歩き回った末に、彼はポットウェル亭に辿り着き、ようやく安住の地を見付ける。つまり、彼は初めて自分から行動し、自分に合った場所を手に入れたのだ。

ポットウェル亭の女性をめぐって対立した「ジム叔父 Uncle Jim」を倒すことは、困難に自ら立ち向かう新生ポリー氏の姿を強調しようとするものだ。これが無ければ彼の出奔は新たな逃避でしかない。(次節で述べるように、ジムとの戦いがあってもなおこの部分を非現実的だとする見方もある。)

この戦いにはポリー氏の生まれ変わりを比喩的に確立する効果もあるかもしれない。実は、ジムもまた不適切な教育の犠牲者であり(「彼をだめにしていたのはあの矯正院 Reformatory だった」(一七三))、他の人々とは違った話し方をする。この、いわば「影」のような、もう一つの自分に打ち勝つことで彼は真の自己となるとも言えよう。

六

だが、ポリー氏は本当に世界を変えたのだろうか？ 彼の行動は社会に対して何ら影響を与えてはいない。

彼が下層中流階級代表であるならば、彼の新しい人生はその階級全体を救う可能性を示すべきかもしれない。この作品での解決は極めて私的なものに留まっている。勿論、この作品は「ポリー氏の」物語だ。第二節で引用した一般論と特定の具体例に関する一節も、一般論に立ち入る気はないということの表明と読むこともできる。社会全体に当てはまる治療法を明示しなければならないわけではない。だが、個人の物語としても、余りに都合良く行き過ぎるのではないか。

家を出てからの部分、第九・一〇章はそれまでの各章に比べて非現実的な感じがする。例えば、放浪者の生活については辛い面が全く描かれていない。ポットウェル亭や「太った女性」との関係も始めから良好過ぎる。いくら新しい人間になったとはいえジムに勝つのもうまく行き過ぎているのではないだろうか。この部分を牧歌 idyll とかロマンス **romance** と呼ぶ批評家もいる。ドレイパーはジムとの三度の戦いさえロマンスの伝統に従っていると言う。（八五）（バチェラー、九一も参照。）

ロッジは次のように述べている。

挫折したプチブルの〈問題〉は最終的には解決されるが、それは、本質的には反社会的

な主人公を支持することによってなされる。（二一七）

［ポリーにおける幸福の個人的な追及は］個人主義的な解決であって、集合的なものでなく、「写実的 realistically」にではなく、一種の暴力の牧歌 idyll of violence を通して伝えられる。（二一九）

スティーヴンも、この作品のテーマの一つは下層中流階級の窮状だとしながらも、「［ウェルズの］（……）解決は幸運に味方された個人的努力に完全に依存しており、ポリー氏一人にだけ適応されるものである。」（一三）と述べている。

「世界が気に食わなければ変えることができる」という考え方も必ずしも単純にこの作品の主張とすることはできないのではないだろうか。その後にはこう続いている。

あなたはそれを何か邪悪で怒っているものに、何かぞっとするようなものに変えてしまうかもしれないが、何かもっと輝いているもの、もっと心地よいものに変えるかもしれないし、最悪の場合でも何かもっと面白いものになるだろう。（一五九）

最悪の場合でも面白くはなる、だからといって、取りあえずフライパンから飛び出してみるというわけにもいくまい。

確かに個人の行動は個人の責任においてなされなければならないし、その結果も自分で引き受けるしかない。彼に不満を言うことはできない。ただポリー氏の例は余りにうまく行き過ぎて信じ難いように思えるのだ。

ポリー氏は火事を境にして生まれ変わったと言えるが、それは古いポリー氏の死だとも言えよう。五年後にこっそりとミリアムを訪ねた時、彼は、「私は〈別世界からの来訪者 Visitant from Another World〉です。」（二〇五）と話している。“visitant”には「霊界からの来訪者、亡霊」という意味もあるし、“another world”も死後の世界を指して使われる。火事以後の彼の生活は古いポリー氏が死の直前に見た願望充足的な夢のようなものにさえ思われる。「こちら」から見れば、「向こう」に行ってしまったものは死んだも同然である。短編「塀についた扉」で、現実世界にいる語り手の「私」は主人公の死について、彼が単に事故で死んだに過ぎないのか、「向こう」へ行ったのか結論を下せない。

最後の場面でポリー氏は昔を振り返ってこう述べる。

人生の大半を私は半ば夢見て過ごしていた。ほとんど夢のように結婚した。（……）私はたまたまそうあった。物事はたまたま私に起こってきた。**I happened; things happened to me.**（二〇八）

〈別世界〉から見た夢としてのこの現実世界。

作品を読んでいく上では読者はポリー氏に幸福になってもらいたいと思う。だが、火事の後での幽霊のようなポリー氏が幸福になればなる程に、それ以前のポリー氏（及び彼のような下層中流階級）の不幸が強調される。

You can change it. 何をどう変えられるというのか。

ポリー氏の人生はハッピー・エンディングを迎える。だが、それは多分にアイロニカルなハッピー・エンディングであり、読者はその中に放り出されたままなのだ。

第六章　『神々のような人々』とユートピア思想

一

　この章では、『神々のような人々』（一九二三）を、ユートピアの実現可能性に関する楽観論と悲観論の対立という点に考慮しつつ考察する。

　ユートピア思想への批判は、文学的にはアンチ・ユートピア小説の形でなされることがある。アンチ・ユートピア小説は、人間の利己主義や、他者の軽視から生じる、現実よりも抑圧的で過酷な状態となった社会を描くものと、より良い社会を求めて建設されたにもかかわらずその逆にもっとひどい状態となった社会を描くものに大別される。なお、前者を「ディストピア」、後者を「アンチ・ユートピア」とすることもあるが、あまり区別せずにこの二つの用語を使っている例も多いので、この章でも、アンチ・ユートピアで両者を指すことにする。ユートピア思想への批判は、これとは別に、ユートピアとして構想された作品自体を取り上げ、その社会は実はアンチ・ユートピア的な社会ではないかと論じるものもある。（例えばベルネリは多くのユートピア作品に描かれた社会が抑圧的、画一的社会であると批判する。）

　いずれの立場にせよ、こうした批判は、人間が理想的社会を現実に作り上げることはそもそもできないのではないかという悲観論に立っていると言えよう。（ここでは、実際にユートピア的共同体を建設しようとした企てについては取り上げないこととする。）

作品に対する著者の意図と読者の判断・評価は相違する。ユートピアを構想することは、人間が現実社会でより良い世界を作ることは可能だとする楽観論に基づいているが、ベルネリのような視点はその作品を悲観論的立場から読み直しているともいえよう。

ユートピアの実現可能性に関する議論は、ユートピアの体制、組織、構造等の点からと、人間の本質をどう捉えるかという点から論じられることが多いが、両者は別々のものではない。共同体の構築と維持のためには構成員を教育することが必要であり、そうした教育は可能か、あるいはそれは良いものなのかという点で人間観の問題につながっていく。

ただし、ユートピアを単純に理想社会構築の提言として実現可能性からのみ論じてはならない。ユートピアを描く物語は第一には虚構の文学的作品である。例えば、スーヴィンは「言語的な人為的作品 verbal artifacts」（三九）としてのユートピアを強調する。ラパートは、ユートピアを「計画・青写真」とする読み方と、現実批判とみる読み方の双方を重視するべきだと述べている。（一一一―一一三）また、レヴィタスは「内容」、「形式」、「機能」の三点からユートピアを論じて、「可能性の問題 issue of possibility」は「内容」に関わっているがこの点にとらわれすぎてはならないと述べている。

二

ウェルズとユートピアに関しては、始めは科学技術に基づくユートピアを描いていたが、晩年になると人間はその愚かさゆえにユートピアを作ることはできないと考えるようになったとまとめられることが多い。また、彼の諸ユートピアについては、あまりに楽天的で、科学の可能性を単純に信頼しすぎているとも批判されてきた。しかし、「ウェルズ的なWellsian」ユートピアという言葉にしばしば伴っているこのような「誤解」については批判も多い。

ウェルズの楽観論と悲観論について、ゲダルドは「短期的には楽観論者であったが、長期的には悲観論者であったと述べることができよう」(二四)と論じている。ウェストは、ウェルズの悲観論を強調し、彼がむしろ最初から悲観論的立場に立っていたのだとみなしている。また、クマーは、「交互にあらわれる希望と絶望の二つの気分はウェルズの人生を通して継続していた」(一七八)と述べ、ウェルズが時代や個人的状況に応じて二極間で揺れていたと考えている。

ユートピア思想全体の流れの中でいえば、楽観論と悲観論は、ユートピアの表裏をなす相補的なものであり、それと関係するユートピアの「実現可能性」は「ペラギウス主義」に関わる問題として捉えられる。クマーはこう説明する。「ペラギウスによれば、人間は生まれつきに有徳 virtuous でも悪徳 vicious でもなく、また完全でも堕落しているのでもなく、その自由意思によって自らをそのように**作り上げる**のである。」(一二、強調は原文イタリック体)

ユートピアが実現可能なものなのかどうかは、人間が今生きて暮らしているこの現実世界でユートピアを作り維持していけるほどに完全な存在になりうるかどうかということであり、それは、人間をそうした存在にまで「進化」させたり「教育」したりすることができるかどうかという問題でもある。これはウェルズにとっては若い頃から重要な問題であった。彼は基本的には悲観論の側に立ちながら、悲観論と楽観論の間で揺れていた。

初期のＳＦ的作品などにおけるウェルズの立場については第一章で簡単に触れた。その際に見たように、例えば『タイム・マシーン』では、この二つの観点が作品全体の語り手「私」と、実際に未来を見てきた「タイム・トラヴェラー」とによってあらわされている。後者の見た未来は悲観論に基づき、人類は地上にユートピアを築くことはできなかったし、いずれ全ては滅びてしまう。一方「私」は、ある程度のそれを受け入れながらも、悲観論を抑えて「そうでないかのように生きていく」ことはできないのかと考えている。

更に、この問題はトマス・ハックスリーの「宇宙的悲観論」から派生する「進化対倫理」の問題を含んでもいる。ハクスリーの考えをまとめれば、「進化は必ずしも倫理的向上をもたらすものではない。宇宙的規模で考えれば、文明は最終的には没落していく」と言えよう。「いつか、絶頂に到達し、下降の道をたどり始める。」（ハクスリー、八五）『タイム・マシーン』はこの悲観的未来観を生き生きと描き出した。

こうした観点からすれば、ウェルズのユートピア思想は人類が生物学的限界、進化論・宇宙論的限界を超えられるのかどうかという問題ともかかわっている。「時間旅行者」の見たエロイやモーロックが「頂点」を過ぎて下降期にある人類であるならば、語り手「私」が想像するユートピアは下降することなく永遠に上昇する可能性を模索するのである。

三

『神々のような人々』を論じる前に、それに先行する『モダン・ユートピア』についてもう一度簡単に触れておく。

この作品は、ウェルズ以前の多くのユートピア作品に対する批判と回答ともいうべき面を持っている。このユートピアの特徴は、絶えず進歩する「動的」社会であり、個人の自由を最も重視する社会であるという点にある。にもかかわらず、『モダン・ユートピア』が、古来ユートピアへの批判として提示されてきた諸問題から抜け出すことができているわけではない。例えば、エリート的指導者層による全体的管理、優生学、異質なものを排除して均質性を求める態度などがみられる。

ウェルズは『モダン・ユートピア』の世界をどう考えていたのだろうか。

ユートピアを希求すること自体が人間への絶望から生まれているという考え方もあるとは言えるが、ある程度の楽観方論がなければ正統的なユートピアを真摯に構想することはできないであろう。人間への信頼は、『モダン・ユートピア』の世界がこの現実世界に住むのと同じ人間からできているという点や、こちら側の「現実世界」で出会う女子学生の中にユートピアの指導者である「サムライ」の姿を認める場面にも見て取れる。個人の自由と社会全体の効率的運営との対立についても、知的な人間にとっては真の問題とはならないだろうという。ユートピアは「実現への意志 the will for it」さえ持てれば作り上げられるのだと述べられている。だが、ウェルズは現実の人間の限界についても承知していた。「少しばかりの思考の努力、短期間続けるだけの意志の努力、そうしたものでも現代人の精神にとってはあまりに多すぎるのだ。」（二三三）

現実の社会での最大の問題は人間の愚かさ stupidity である。『モダン・ユートピア』でのユートピア社会は、愚かな人間の代表ともいうべき「植物学者」のせいで消えてしまう。既に述べたように、人間の愚かしさをそのままに受け止めて作品内に取り込もうという態度に「小説家」としてのウェルズがあると考えられる。

「進化と倫理」において、進化とはダーウィン進化論的に見た世界観、生物学の世界であり、現実主義的なものである。繰り返しておくが、進化とは「良くなること」ではない。一方、倫理とは相互扶助を基礎に置く世界観、「人間の世界」であり、理想主義的なものである。

下の表のように対立させてみることもできるだろう。（「小説家」的視点、「ユートピア主義者」的視点については第二章九節を参照されたい。）

四番目の欄は、人間をどうとらえるかである。ダーウィン進化論では生物は自然選択のもとで生存闘争をしている。悲観論では、人

楽観論	教育可能（ペラギウス主義）	「倫理」	動物を越えたもの	理想的視点（「ユートピア主義者」的視点
悲観論	教育不可能	「進化」	動物的なもの	現実的視点（「小説家」的視点）

間も「弱肉強食」の世界で争っており、相互扶助のユートピアをつくることができない。下の段の「動物を越えたもの」を単純に「人間」とすることはできない。ユートピア研究では「人間的とはどのようなことか」こそが問題とされる。人間に関する進化と倫理の問題は『モロー博士の島』の中心的テーマでもあり、人間とは内部の獣性を克服できないものではないかと考えている。人間も動物であるなら、「動物を越えたもの」は「神々のような人々」であろう。この二項対立的な表に「本能：知性（教育）」、「生得的性質：後天的に獲得した性質」などを入れることも可能である。ただし、「知性」についても「人間的知性とは倫理感を伴う知性ではないか」という疑念が生じる。例えば、『宇宙戦争』での火星人の知性は望ましい知性なのかという議論に通じている。

先に述べた「ユートピア主義者ウェルズ」はペラギウス主義に立ち、教育による現世での人間の救済の可能性を模索している。ウェイジャーは「ウェルズにとって、教育は目的への手段であると同時にまた目的自体でもある。革命でありまたユートピアでもある」（四三）と論じている。

第一節で述べたように、著者の判断と読者の判断とは異なりうる。読者の側からは、本節始めに書いたように、「『モダン・ユートピア』が、昔からユートピアへの批判として提示されてきた諸問題から抜け出すことができているわけではない」と考えることもできる。一般的に、アンチ・ユートピア主義の視点からは、より望ましい型のユートピアを求めても、そもそもユートピア構築自体にすでに権威主義的、家父長制的性格、異質者排除の傾向、画一的理性主義などの問題が内在しているという批判がなされることが多い。（第五節に見るように、ウェルズは『神々のような人々』でこうした問題に取り組もうとしているると考えることもできる。）

四

『神々のような人々』は異次元に存在するユートピアに偶然に入り込んでしまった地球人の経験を描いており、基本的にはモアの『ユートピア』以来の異世界旅行譚の形式をとっている。主人公バーンスタプルは、現実社会に批判的であり、このユートピア社会を冷静に受け止め、その価値観に賛同する。しかし、同じ時にユートピアに行った他の地球人たちは、政治家、宗教家、金持ちなどを代表する人物であり、「愚かな地球人」として描かれ、自分たちの存在を否定するようなユートピアの価値観を受け入れることができない。

作品の物語性は、地球人とユートピア住人との対比や対立から生じている。地球は作中のユートピアよりも遅れている。ユートピア成立以前の状態にあり、このユートピアの歴史で「最終混乱期 The Last Age of Confusion」（四五）と呼ばれた時代にある。

この地球人たちによるユートピア批判は、ユートピア主義的観点からは浅薄な批判であり、ユートピアというジャンルの機能上からも、愚かさを誇張、強調されて、読者の共感は得がたいものとして描かれている。例えば、アマートン神父のキリスト教徒としての反応は偏狭な聖職者としてかなり戯画化されている。

政治家キャッツキルはこのユートピア世界が安楽な生活になりすぎていると批判する。「あなたたちは闘争や困難 conflicts and distress から遠ざかりつつあります。生きていること living や人生の震えている現実 quivering realities of life からも遠ざかりつつあるのではありませんか？」（九九）彼はこのユートピアを「あなたたちのこの黄金の蓮の国 this Golden Lotus Land of yours」（一〇二）と呼ぶ。（キャッツキルはウィンストン・チャーチルがモデルとされる。）

これに対してユートピアの代表者ウルスレッドは、キャッツキルにはこの世界を素直に見ることができない、こうした人間たちは理性的になるのが怖くて「競争（＝進化）」とか「神」のせいにして、自分自身を変えようとはしないのだと言う。そして、その「進化」つまり「自然」とは、第二節で述べたように、「倫理」の向上とは対立するものなのである。

こうした地球人たちは、私たちの「母なる自然 Mother Nature」が何なのかを未だに見ようとしていないのだ。彼らの精神の奥にはまだ自然のために自分自身を打ち捨てたいという欲望がある。私たちの目と意志を除けば、自然は目的を持たず、盲目だということが分からないのだ。（一〇六）

後年ウェルズはここで批判されているような人々への絶望を述べている。彼らは自分の人生よりも幸福で素晴らしい人生があるということを認めることができないのだ。「可能であろうと不可能であろうと、全ての予測とユートピアに対する彼らの反応は自己防衛的な憎悪なのだ。」（『ホモ・サピエンスへの展望』、一六七）

上に引いたキャッツキルの懸念は、ユートピアが安易な逸楽の世界をもたらし、住人が、『タイム・マシーン』で描かれたエロイのようになってしまうのではないかという不安の表れである。また、ハクスレーが『素晴らしい新世界』で論じた「幸福対自由」や「不幸になる権利」の問題ともつながっている。しかし、『神々のような人々』ではこの問題はすでに解決されているのだ。

私たちは、何世紀にも及ぶ苦闘の後に、［母なる自然の］より悪意に満ちた気まぐれ **nastier fancies** を超越したのです。（……）〈人間〉とともに〈ロゴス Logos〉、つまり〈言葉 the Word〉、と〈意志 the Will〉が宇宙にあらわれ、宇宙を見つめ、恐怖し、学び、そして恐怖することをやめ、それを知り、理解し、支配したのです。（……）毎日、この小さな惑星を支配する方法を前よりも少し良く学びます。毎日、私たちの思考が、私たちが受け継いだもの、つまり星々、へと向かってより確実に向かっていきます。

（一〇七―八）

つまり、この世界は、理性が生物学的生存競争に取って代わり、それを支配している世界である。人間は自然に対して勝利をおさめ、停滞や衰弱に陥ることなく上昇を続ける。星々にまで達するということは、『タイム・マシーン』に描かれた太陽の死という恐るべき終局さえも乗り越えることができるということだ。

それを可能にしたのが、「〈ロゴス〉、つまり〈言葉〉と、〈意志〉」である。「〈ロゴス〉、つまり〈言葉〉」は、理性を暗示し、合理的とか科学的といった面が強調される面もある。優生学の導入や衛生のために害虫を一掃するという考え方もここから生じていよう。ユートピアを健全、健康で衛生的なものだとみなすなら、二項対立的には、地球は病的で非衛生的なものとなる。地球人的で、アンチ・ユートピア主義的な態度は、不健全で病んだものとされるだろう。『神々のような人々』で、地球人が持ち込んだ麻疹やインフルエンザのせいでユートピア人が死んだり病気になったりする事件は、地球人＝病原体というメタファーととらえることもできる。

ウェルズはこの世界を「病んだ」ものと考えていた。ロッジは「イギリスを健康状態の疑わしい社会的有機体とする考えは、（……）まさしく『トーノ・バンゲイ』におけるウェルズの観点である」（一一四）と述べて、病や癌のイメージからこの作品を分析している。橋本も「ウェルズの根底的確信はこの世界は病んでいるということであった。この世界は病みつつ原始の本能の復活と戦わなければならないという二重の責めを追っている、というのがウェルズの生涯を通して見られる確信であったということができる」（一八—一九）と述べている。

五

もう一度、『神々のような人々』を楽観論と悲観論の視点からまとめなおしてみたい。第三節で『モダン・ユートピア』について述べたことは、この作品にもほぼ当てはまる。楽観論的な見方としてあげられるのは、人間を教育して、より良い存在に変えることができると信じている点である。

この作品で描かれるユートピアには、文明の維持に不可欠な自由についての五原則があり、全構成員がそれを守ることでユートピアの社会が成立している。全員が理性的に考え、この原則を守っていれば、政府の様な管理組織も不要になる。

成人のユートピア人には規則も政府も存在しない。彼らが必要とするすべての規則も政府も子供時代と青年期に手に入れているからである。

ライオンはこう述べている。「**私たちの教育が私たちの政府なのです!**」（八〇　強調は原文イタリック体）

これは、ユートピア人だから可能になるのではない。彼らは地球人と同じような状態から漸進的に発展した存在であり、生物学的にも今の地球人と同じような生き物だとされている。（これは『モダン・ユートピア』の住人が地球人と同じ個人でありながらただユートピアに生まれ育ったという仮定に基づく存在だったのと同様の仮定と見ていい。）次に挙げる、地球人もユートピアで育てばユートピア人になれるという言葉は楽観論を端的に示している。

彼らはとてつもないほど素晴らしく栄養をとり、訓練を受け、教育されているし、その状態は精神的にも肉体的にも清潔で調子が良いのだが、私たちと同じ肉体と性質なのである。

「しかし」とバーンスタプル氏は言った。（……）「今日地球に生まれる赤ん坊の半分は、私が出会った人々のような神々に成長することが可能だとおっしゃるつもりなのですか？」

「私たちの空気と環境が与えられれば」
「あなたたちの遺産が与えられれば」
「私たちの自由が与えられれば」　（二六五）

このような考え方に対して、バーンスタプル以外の地球人たちのユートピアへの反応は悲観的な立場から描かれている。地球で政治や宗教の指導者層にいる人々や上流階級にいる人々でさえ（であるからこそ？）ユートピアの基本理念を受け入れることができない。これでは地球にはユートピアは建設できないのではないかと思われてしまうほどである。ユートピアの老人サンゴールドは、ユートピア人が地球人と接触すれば地球人を軽蔑するばかりで、更には地球人を滅ぼしてしまうことさえありうる、接触せずにいるのが一番いいのだという。(二九六)このことは、ユートピアが地球のすぐ「そば」にありながら、地球からは行くことのできない異次元に存在しているという設定に比喩的に表れている。

(こうした点では、本作はブルワー＝リットンの『来るべき種族』(一八七一)とかなり共通する部分があるのだが、詳述を省く。後者では、地下のユートピア世界ヴリル＝ヤに住む、人類よりはるかに進んだ種族がいずれ地上に現れ人類を滅ぼしてしまうのではないかと示唆されている。ユートピアとサイエンス・フィクションの関係なども含め、小澤による「訳者解説」参照されたい。)

ただし、前節でも書いたように、作中の地球人の旧弊で、頑迷な態度には、物語の機能として誇張されている面もあり、実際には地球でもユートピアを求める「革命」が手探り状態ではあるが進行しているという認識も述べられている。(三一一―一三)

次に、第三節で触れた、ユートピア思想自体に内在するとされる問題がどのように扱われているかを見ておきたい。(第二章も参照されたい。)

『神々のような人々』のユートピアは『モダン・ユートピア』で描かれたユートピアよりも進んだ段階にある。ここには指導者層と被指導者層という区別や対立はない。構成員の一人一人が理性的におのれの意志に従って暮らしているのだから、管理されているとか、全体のために個人の自由が制限されているということもない。「[この世界の日常生活は]半神 demi-gods の生活である。実に自由で、強く個人化されており、各人が個人的好みに従って暮らし、各人が大いなる種族の目的に寄与している。」(二八五)ユートピアでは豹が人間と一緒に暮らしているが、これは克服された動物性の比喩であると同時に、野獣

と人間が共存する神話的な楽園の象徴でもある。(『モロー博士の島』及び「塀についたドア」参照)

集団の均質性については、各人が理性的に考えれば同じ結論に行きつくはずであり、一人に良いものならみんなにとっても良いものだということになる。こうして種としての人間の在り方(「大きな種族的目的」)と、個人の人生が調和して存在できることになる。(これを優生学が不要になった世界と考えることもできる。)

作中に見て取れるこのような理性と科学的思考への信頼は、ウェルズ個人がそのままに信じていたものではないかもしれないが(既に述べたように、彼の否定的側面は初期のSF的作品群によく表れている)、それでも彼のユートピアに特徴的なものだと言えよう。この点で、『神々のような人々』のユートピアは表面的には牧歌的世界に見えながらも、ウィリアム・モリスの『ユートピアだより』とは全く異なっている。ウェルズは学問と科学の進歩が人間を貧困や過酷な労働や旧弊な思想から解放すると考えていた。(牧歌的世界や田園が、都市や人間社会に対立するものではなく、「文明対自然(野性)」の中間にあって、人間化された自然であることについては、レオ・マークス『楽園と機械文明』などを参照されたい。)

ただし、理性的に考えれば誰もが同じ結論に辿りつくはずであり、一人にとって良いことはみんなにとっても良いことであるという考え方は、一般論としてはいいかもしれないが、具体的、個別的問題については異論もあり得るし、『神々のような人々』はそれについては答えていない。

異世界旅行譚では、言語の障壁が問題となることが多い。同時に、異なる言語は異なる世界を端的に示すものであり、その翻訳可能性や異文化の言語の習得はそれ自体が大きなテーマの一つとなることもある。しかし、この作品では、ウェルズは物語の進行を重視し、相互理解を容易にする便法としてＳＦ的な設定を設けている。ユートピア人たちはテレパシー的な言語である「直接伝達 direct transmission」（五九）によって地球人たちと意志の疎通が可能になるとしている。

物語の始めでは、伝達におけるイメージや概念と語の関係に幾分焦点が当てられ、ＳＦ的な考察がみられるが、ウェルズはこの方向での可能性をあまり追求していない。

この点をさらに進めていけば、この能力によって「ロゴス、言葉 Logos, the Word」の限界を超えた相互理解が可能になるかもしれない。この時、共同体と個人は完璧に共存・合一化できるようになるのかもしれない。だが、それは究極のユートピアと呼ぶべきなのか、究極のアンチ・ユートピアと呼ぶべきなのか、あるいはその二つは同じものにすぎないのか？（第一章の『月世界最初の人間』についての部分を参照）

バーンスタプルは地球に戻ってからユートピア実現に向けての努力をしようと決意する。作品の最後で「休暇中にどこに行っていたのか」と妻に尋ねられて、彼はこう答える。

「実際のところ……　そこは私にはすべてが新しい国だった……　美しく……　素晴らしく……」

妻はそのままじっと彼を見つめていた。

「いつかきっと**私を**そこに連れて行ってくれないといけないわ」妻は言った。「あなたにとって、とてつもなく良い影響を与えたのが分かるもの」（三二七　強調は原文イタリック体）

地球でのユートピア実現を目指す彼の決心と、それに賛同してくれそうな（？）妻の台詞は、この作品を楽観論にまとめていこうとしているように思われる。

果たして人類はユートピア人になれるのだろうか？　どのくらいの期間が必要なのだろうか？　ハクスリーは、人間の「宇宙的自然」は数百万年の訓練陶冶の結果であり、「その横柄さを抑え込んで純粋に倫理的な目的に従わせるのには数世紀で十分であると想像するのは愚かなことであろう」（八五）と述べている。『神々のような人々』では、ユートピア成立までに五〇〇年かかったとか、政治、商業、競争が無くなって千年以上とか、優生学を始めてまだ一二、三世紀という言葉が出てくる。「進化」と戦うにはこのくらいの時間が必要なのだとも言える。このような進化論的・宇宙論的時間感覚はウェルズにとっては『タイム・マシーン』以来当然のものであり、科学的・理性的な視点には必要なものでもある。（これはSF的な時間感覚とも言えるかもしれないが、多くの人にとっては非現実的時間感覚なのかもしれない。）

実際には、この長さをどう捉えるかが悲観論と楽観論を分けるともいえよう。第三節で挙げたように、「少しばかりの思考の努力、短期間続けるだけの意志の努力、そうしたものでも現代人の精神にとってはあまりに多すぎる」のだから。

バーンスタプルはハクスリーの言う「宇宙的悲観論」に立ち、「どうして、凍って滅んでしまうに違いない世界の中で〈進歩〉のために努力しなければならないのでしょうか？」とサンゴールドに問いかける。彼は「あなた方の哲学者たちは結論を出すのが早すぎます」と答える。（三〇一―二）この時間感覚を受け入れた時に次のような壮大な未来のヴィジョンが意味を持ってくるのである。

「あなたと私はまだ〈生命〉の時期尚早な原子であり、流れに逆らう小渦巻なのですが、いつの日か、ここでも、どんなところででも、その一つにして全体である驚くべき〈生命〉が、きっと、目覚めるでしょう。意識的な生命に目覚めていく子供のようにその眠そうな眼を開き、伸びをし、朝の太陽を迎えるように神の神秘を正面から見て微笑むでしょう。私たちはその時そこにいるでしょう、私たちの存在の全て、あなたも私も……

「そして、それは始まりにすぎないでしょう、始まりでしかないでしょう……」（三〇四）

六

『神々のような人々』の世界は、バーンスタプルに代表される読者、つまり「ユートピア主義者ウェルズ」に共感し、バーンスタブル同様の立場から現実社会に対して批判的な読者にとっては一種の理想社会となるかもしれない。

そうでない読者にとってはこの作品は読みにくいものとなろう。ユートピア人は「半神」のような存在で感情移入しにくい。地球人たちはユートピアに対する劣等感から拒絶反応を示すため（九六）、作品内では明らかに蔑視されており、彼らに共感を持とうとしても居心地が悪い。

だが、その居心地の悪かを認めた時にこの作品は意味を持ってくる。ユートピアを提言やメッセージや青写真としてのみ評価してはならないが（第一節参照）、ユートピア作品を読む時には著者の意図や価値観を（ある程度積極的に）受け入れていくことが必要となる面もある。ユートピアを読者論から論じて、ルパートはこう述べている。

［諸ユートピア］が効果を上げるためには、読者が受け入れ態勢を整えていなければならない。きまり切った日常的な理解の習慣に疑問を持ち、別の価値観や別の可能性 **other values and other expectations** を受け入れ、変化していくことを受け入れようとする態度である。（五二―五三）

ユートピアに行った地球人の中に保守党党首セシル・バーリィがいる。「彼は一紳士として、哲学者として、博識な知識人として有名だった。」（二〇）政治家のアーサー・バルフォアがモデルとされている。バーンスタプルは彼をこう批判する。

バーリィ氏は、全てを理解していて何も感じることのない奇妙な人々の一人だった。バーンスタプル氏には、彼は知的に無責任だという印象を与えた。それはハンカーとかバラロンガのように無知で冒険的であるよりも実はもっと悪いことなのではないだろうか？　（二〇六）

ユートピアについて論じると、「どんなユートピアも簡単にアンチ・ユートピアに転化してしまうものなのだ」とか、「ユートピアとはそれ自体が、既に／常に、アンチ・ユートピアを内在しているものなのだ」という考えに辿りついてしまうことがよくある。それはユートピアを構想したり、読んだりする時に常に考えておくべき危険性ではある。だが、それで簡単にまとめてしまうことはむしろ危険なのではないだろうか。ユートピアの持つアンチ・ユートピア的な側面を認識したうえで（これを可能にするのがユートピア研究なのだが）、なおかつ、変化を求めない現状肯定主義に陥ることなく、著者の込めたユートピア的な希望を読み取っていくことに意味があるのではないだろうか。

終わりに

ユートピアは誘惑する。

人間は幸福な生活を求めている。それを意識しているのは人間だけだろう。ユートピアへの希求は、幸福を保証してくれる社会に住みたいという気持ちから生じる。人間は平等で、平穏で、安楽な生活が送れる社会、せめて過酷でない労働で一定水準の衣食住が保証される社会を求めている。

しかし、それはなるべく楽をして暮らしたいという気持ちに通じてしまう。逸楽の国やコケイン。考えたり、努力したりしなくていいならその方がもっと楽だと思ってしまう。

ユートピアは、安全に保護されているという安心感で人間を誘惑する。主体的な自由とそれに伴う責任は怖い。ユートピアは心地よく管理されていたいという気持ち応えてくれると言えるかもしれない。

もう一方で、ユートピアは、〈正義〉が支配する社会で人間を誘惑する。ユートピアを構想する人間が信じている正しさが行き渡った社会、現実社会の理不尽な愚かさを切り捨て、全員が一つの信念に忠実な社会。ユートピアを構想・構築するとは、すべてを管理する絶対的支配という権力を夢想することでもある。

ユートピアが完璧な有機的統一体である時、管理されたいという願望と管理したいという願望はお互いを抱え込みあっている。

ユートピアとは〈良い場所〉である。啓蒙の、理性の光に照らされた社会。それに対して〈悪い場所〉がある。アンチ・ユートピア、ディストピア、あるいはユートピアに対応させて〈カコトピア〉と呼ばれる社会。しかし、光があれば必ず影があるとかいうのは「光と闇」の二項対立的なメタファーに支配されているのかもしれない。

（「曖昧なユートピア Ambiguous Utopia」というのは、アーシュラ・K・ル・グィンの『所有せざる人々』（一九七四）の副題であるが、トム・モイランが一九七〇年代のアメリカのユートピアSFを「批評的ユートピア critical utopia」として論じたあたりから、二項対立的なユートピア対アンチ・ユートピアに囚われない作品や批評がでてきたように思う。）

理想主義的なユートピアを小説的に捉えなおし、「悪い」面を描き出していくとアンチ・ユートピアになると述べたが、両者に対して、良いとか悪いとかの価値判断を一時保留して架空社会を描くこともできよう。私の考えでは、それがサイエンス・フィクションである。サイエンス・フィクションは（少なくともそのある面は）ユートピアから生まれたといえるが、現代ではサイエンス・フィクションが、本書で取り上げた「進化と倫理」のユートピア的、アンチ・ユートピア的考察を取り込んでいる。

本書は『タイム・マシーン』その他の初期作品から始めて『神々のような人々』で終わる。そのため、ウェルズのユートピア思想がSF的諸作から発展し、『モダン・ユートピア』を経て、一筋の道をたどって、『神々のような人々』で頂点に達し、結論となったかのように思われてしまうかもしれない。しかし、本文中に述べたように、例えば『モダン・ユートピア』は「ユートピアの一案」であり、また、一九二三年に発表された『神々のような人々』も一つの形に過ぎない。（彼は一九四六年まで生きて、一九四五年まで多くの作品を発表している。）初期作品はすでに述べたようにサイエンス・フィクションとしてユートピアやアンチ・ユートピアを批判する面を持つ。また、本書で論じなかったウェルズの他の作品でもユートピアの様々な面が取り上げられていることを付記しておきたい。

初出一覧　　各章の初出は以下のとおりであるが、それぞれに加筆修正を加えた。

始めに　　書き下ろし
第一章　ウェルズの初期作品とユートピア思想
「H. G. Wells のSFとユートピア批判」　『MULBERRY』（愛知県立大学文学部英米学科）第五八号（二〇〇九）
第二章　『モダン・ユートピア』とユートピア思想
「H.G.Wells の『モダン・ユートピア』とユートピア思想」　『愛知県立大学文学部論集（英米学科編）』第三九号（一九九〇）
第三章　『モダン・ユートピア』と優生思想
「H・G・ウェルズのユートピアと優生思想」　『共生の文化研究』（愛知県立大学国際文化研究科）第一二号（二〇一八）

第四章　「盲人の国」における視力と知性――ユートピアの二面性
「「盲人の国」における視力と知性」　『イギリス小説ノート』第八号（一九九三）
第五章　変えることができる――のか？　『ポリー氏の物語』における選択
「You Can Change It?――『ポリー氏の物語』論――」　『東京成徳短期大学紀要』
第二二号（一九八九）
第六章　『神々のような人々』とユートピア思想
「*Men Like Gods* とユートピア思想」　『中部英文学』（日本英文学会中部地方支部）
（一九九五）

＊　＊　＊

本書はもっと早くに出版する予定でいたのだが、私の体調不良やその他の諸事情で大幅に遅れてしまった。誠に残念である。

この本の中には、妻や娘との会話から広がったことが少なからず入っているように思う。

本書を妻二三枝と娘あゆみに贈る。

二〇一八年一二月

小澤正人

参考文献一覧

Aldiss, Brian and David Wingrove. *Trillion Year Spree.* North Yorkshire: House of Stratus, 2001.

Atwood, Margaret. "Introduction" to *The Island of Dr Moreau* (2005).

Batchelor, John. *H. G. Wells.* Cambridge: Cambridge UP, 1985.

Bergonzi, Bernard, ed. *H. G. Wells: A Collection of Critical Essays.* London: Prentice-Hall, 1976.

Bellamy, William. "Wells as Edwardian" in Bergonzi ed.

Bloom, Harold, *H. G. Wells.* Philadelphia: Chelsea House, 2005.

Busch, Justin E. A. *The Utopian Vision of H. G. Wells.* Jefferson, North Carolina, and London: McFarland & Company, 2009.

Burdett, Carolyn. "Introduction: Eugenics Old and New." New Formations: A Journal of Culture/Theory/Politics, no.60, Spring, 2007, pp. 7-12.

Claeys, Gregory. *The Cambridge Companion to Utopian Literature.* Cambridge: Cambridge U P, 2010.

Costa, Richard Hauer. *H. G. Wells.* Boston: Twayne, 1967; rev.ed., 1985.

Draper, Michael. *H. G. Wells.* London: Macmillan, 1987.

Gernsback, Hugo. "Editorial" *Science Wonder Stories*, 1929 June.

https://archive.org/details/Science_Wonder_Stories_v01n01_1929-06.Stellar

Hammond, John. *H. G. Wells.* Harlow: Pearson Education Limited, 2001.

Haynes, Roslynn D. *H. G. Wells: Discoverer of the Future: The Influence of Science on his Thought.* London & Basingstoke: Macmillan, 1980.

Hillegas, Mark R. "Introduction" to *A Modern Utopia* (U of Nebraska P).

Hughes, David Y. and Harry M. Geduld, eds. *A Critical Edition of* The War of the Worlds: *H. G. Wells's Scientific Romance.* Bloomington: Indiana UP, 1993.

Hume, Kathryn. "Eat or Be Eaten: H. G. Wells's *Time Machine*" in Bloom ed.

Huntington, John. *The Logic of Fantasy: H. G. Wells and Science Fiction.* New York: Columbia Univ. Press, 1982.

——Huntington, John. "The Science Fiction of H. G. Wells". in Parrinder, ed.

Huxley, Thomas H. *Evolution and Ethics.* London: Macmillan and Co, 1911.

Jackson, Rosemary. *Fantasy.* London & New York: Methuen, 1981.

Kemp, Peter. *H. G. Wells and the Culminating Ape.* London: Macmillan, 1982.

Ketterer, David. *New Worlds for Old.* Bloomington: Indiana UP, 1974.

Kevles, Danel J. *In the Name of Eugenics: Genetics and the Uses of Human Heredity.* Berkeley and Los Angeles: U of California P, 1986.

Kumar, Krishan. *Utopia and Anti-Utopia.* Oxford: Basil Blackwell, 1987.

Landon, Brooks. *Science Fiction After 1900.* New York: Twayne, 1997.

Levine, Philippa. *Eugenics: A Very Short Introduction*. New York: Oxford U P, 2017.

Levitas, Ruth. *The Concept of Utopia*. Hertfordshire: Syracuse U P, 1990.

Lodge, David. *Language of Fiction*. New York: Columbia UP, 1966.

——. *The Novelist at the Crossroads*. London and New York: Ark Paperbacks, 1986.

Luckhurst, Roger. *Science Fiction*. Cambridge: Polity, 2005.

McCarthy, Patrick A. "Evolution, Anarchy, Entropy" in Bloom ed.

MacKenzie, Norman and Jeanne MacKenzie *The Life of H. G. Wels: The Time Traveller*. Revised edition. London: The Hogarth Press, 1987.

McConnell, Frank. *The Science Fiction of H. G. Wells*. Oxford: Oxford UP, 1981.

Mieville, China. "Introduction" to *The First Men in the Moon* (2005).

Moylan, Tom. *Demand the Impossible: Science Fiction and the Utopian Imagination*. New York: Methuen, 1986.

——. *Scraps of the Untainted Sky: Science Fiction, Utopia, Dystopia*. Boulder and Oxford: Westview Press, 2000.

Munuel, Frank E. and Fritzie P. Manuel. *Utopian Thought in the Western World*. Cambridge: The Belknap Press of Harvard UP, 1979.

Parrinder, Patrick. *Shadows of the Future*. Liverpool: Liverpool UP, 1995.

——, ed. *Science Fiction*. London: Longman, 1979.

——. "Science Fiction and Scientific World-View" in Prrinder, ed.

—— and Robert Philmus eds. *H. G. Wells's Literary Criticism*. Sussex: The Harvester Press, 1980.

—— and Christopher Rolfe, eds. H. G. Wells Under Revision: Proceedings of the International H. G. Wells Symposium London July 1986. London: Associated University Presses, 1990.

Philmus, Robert and David Y. Hughes eds. *H. G. Wells: Early Writings in Science and Science Fiction*. Barkley, Los Angeles, London: U of California P, 1975.

Pintér, Károly. *The Anatomy of Utopia: Narration, Estrangement and Ambiguity in More, Wells, Huxley and Clarke*. Jefferson, North Carolina, and London: McFarland & Company, 2010.

Richardson, Angelique. *Love and Eugenics in the Late Nineteenth Century: Rational Reproduction and the New Woman*. Oxford: Oxford U P, 2003.

Ridout, Ronald and Clifford Witting. *English Proverbs Explained*. London and Sydney: Pan Books,1969.

Ruddick, Nicholas. *Ultimate Island: On the Nature of British Science Fiction*. Westport: Greenwood, 1993.

Scholes, Robert and Eric S. Rabkin. *Science Fiction: History Science Vision*. London: Oxford UP, 1979.

Smith, David C. *H. G. Wells: Desperately Mortal; A Biography*. New Haven and London: Yale U P, 1986.

Stableford, Brian. *Scientific Romance in Britain 1890-1950*. London: Fourth Estate, 1985.

Stephen, Martin. *York Notes on* The History of Mr. Polly. London: Longman, 1980.

Suvin, Darko. *Metamorphoses of Science Fiction*. New Haven and London: Yale UP, 1979.

—— *Victorian Science Fiction in the UK* Boston: G. K. Hall & Co., 1983.

—— and Robert M. Philmus eds. *H. G. Wells and Modern Science Fiction*. Lewisburg: Bucknell UP, 1977.

Vernier, J. P. "Evolution As a Literary Theme in H. G. Wells's Science Fiction" in Suvin and Philmus eds.

Wagar, W. Warren. *H. G. Wells: Traversing Time*. Middletown: Wesleyan U P, 2004.

Wells, H. G. *Anticipations*. The Works of H. G. Wells (Atlantic Edition) vol. 4. New York: Charles Scribner's Sons, 1924. (Reprint. Tokyo: Hon no Tomosha, 1997.)

——. "The Country of the Blind" in *The Country of the Blind and Other Stories*.

——. *The Country of the Blind and Other Stories*. London: Penguin, 2007.

——. *Experiment in Autobiography* (1934). Boston, Toronto: Little, Brown and Co.,1962.

——. *The First Men in the Moon* (1901). London: Penguin, 2005.
——. *The History of Mr. Polly* (1909). London: Penguin, 2005.
——. *The Island of Dr Moreau* (1896). London: Penguin, 2005.
——. *Men Like Gods*. New York: Macmillan, 1923.
——. *A Modern Utopia* (1905). Lincoln: U of Nebraska P, 1967.
——. *A Modern Utopia* (1905). London: Penguin, 2005.
——. *The Time Machine* (1895). London: Penguin, 2005.
——. *The War of the Worlds* (1898). London: Penguin, 2005.
——. *The Wheels of Chance* (1896). London: Everyman's Library,1984.
——. "The 'Cyclic' Delusion" in Philmus and Hughes eds.
——. Seven Famous Novels by H. G. Wells, (1934: rpt, *The Complete Science Fiction Treasury of H. G. Wells*, New York: Avenel, 1978).
Westfahl, Gary. *Hugo Gernsback and the Century of Science Fiction*' Jefferson, N.C. : McFarland, 2007.

浅井美智子・柘植あづみ編・『つくられる生殖神話』・制作同人社、一九九五・
新井真澄・「階級に取りつかれた人々」・岩波新書、二〇〇一・
ウェルズ、H. G. 浜野輝訳・『人間の権利――われわれはなんのためにたたかうのか』・日本評論社、一九八七・

荻野美穂．『生殖の政治学：フェミニズムとバース・コントロール』．山川出版社、一九九四．

柿原泰、加藤茂生、川田勝編．『村上陽一郎の科学論：批判と応答』．新曜社、二〇一六．

ケヴルズ、ダニエル・J. 西俣総平訳．『優生学の名のもとに：「人類改良」の悪夢の百年』（一九八六）．朝日新聞社、一九九三．

阪野徹．「村上陽一郎の科学史方法論」．『村上陽一郎の科学論：批判と応答』所収．

宋洋．『世紀末の長い黄昏』．春風社、二〇一七．

鈴木漸次.『日本の優生学：その思想と運動の軌跡』．三共出版、1983.

トロンブレイ、スティーブン．藤田真利子訳．『優生思想の歴史：生殖への権利』（一九九八）．明石書店、二〇〇〇．

ニコルソン、M. H. 高山宏訳．『月世界への旅』（一九四八）国書刊行会、一九八六．

日本社会臨床学会編．『「新優生学」時代の生老病死』、シリーズ「社会臨床の視界」3．現代書館、二〇〇八．

橋本槇矩、佐野晃、高橋和久、土屋倭子．『裂けた額縁　H・G・ウェルズの小説の世界』．英宝社、一九九三．

ブルワー＝リットン、エドワード．小澤正人訳．『来るべき種族』（一八七一）．月曜社、二〇一八．

米本昌平．『バイオポリティクス——人体を管理するとはどういうことか』．中央公論社、二〇〇六.
米本昌平、松原洋子、橳島次郎、市野川容孝.『優生学と人間社会：生命科学の世紀はどこへ向かうのか』.講談社、二〇〇〇.
モア、トマス.澤田昭夫訳.『改版ユートピア』（一五一六）.中央公論社、一九九三.
プラトン.藤沢玲夫訳.『国家』（紀元前三七五）.岩波文庫、一九七九.
ベルネリ、M. L. 手塚宏一・廣川隆一訳.『ユートピアの思想史』（一九五〇）.太平出版社、一九七二.
ボウラー、ピーター・J. 鈴木善次ほか訳.『進化思想の歴史』（一九八四）上下.朝日新聞社、一九八七.
ワインバーグ、スティーヴン.赤根洋子訳.『科学の発見』（二〇一五）.文藝春秋、二〇一六.

著者略歴

小澤　正人　（おざわ　まさと）
一九五三年生まれ。東京学芸大学大学院修士課程修了。現在、愛知県立大学外国語学部教授。
論文　『H・G・ウェルズのユートピアと優生思想』、「『ヴィルヘルム・シュトーリッツの秘密』と『透明人間』」、「H・G・ウェルズのSFとユートピア批判」、「時間旅行者の孤独―― ***The Time Machine*** から ***The Time Ships*** へ」など。
翻訳書　ダニエル・ピック『戦争の機械――近代における殺戮の合理化』（法政大学出版局、一九九八）、エドワード・ブルワー＝リットン『来るべき種族』（月曜社、二〇一八）など。

ユートピアの誘惑
—H・G・ウェルズとユートピア思想—

2018年12月15日　　初版発行

著 者　小澤　正人

定価(本体価格1,900円+税)

発行所　株式会社　三恵社
〒462-0056 愛知県名古屋市北区中丸町2-24-1
TEL 052(915)5211
FAX 052(915)5019
URL http://www.sankeisha.com

乱丁・落丁の場合はお取替えいたします。

ISBN978-4-86487-994-1 C3098 ¥1900E